# LA
# CASA
## DE LAS
# FLORES

# LA CASA DE LAS FLORES

CREADA POR **MANOLO CARO**

TEXTOS DE **ELENA NEIRA**

**LIBROS CÚPULA**

«La normalidad es un camino pavimentado:
es cómodo para caminar,
pero nunca crecerán flores en él.»

**Vincent van Gogh**

*E*n sus casi cincuenta años de historia, La Casa de las Flores ha servido a varias generaciones de clientes fieles a los que siempre ha tratado con atención exquisita.

Al frente se encuentra Virginia de la Mora, dueña de la florería y la persona que la ha regentado desde que su madre le cedió las riendas del negocio familiar. El éxito de La Casa de las Flores no sería posible sin la atención por los detalles que Virginia de la Mora pone en la composición de cada arreglo floral. Tampoco sin el cariño incondicional de los suyos. Junto a su querido esposo, Ernesto, y sus amados hijos, Paulina, Elena y Julián, La Casa de las Flores es la quintaesencia de la unidad y la perfección.

Un trato personalizado, cercano y profesional, y una conducta intachable, alejada de los escándalos que desgraciadamente enturbian la buena imagen de muchos de los comercios de hoy.

# Prólogo

El día amaneció soleado. La Casa de las Flores, la mítica florería del barrio de Las Lomas regentada por Virginia de la Mora, se había engalanado para celebrar el cumpleaños de Ernesto, el patriarca de la familia. Miles de arreglos florales copaban las mesas que se habían dispuesto en los jardines de la casa. La música se fundía con las animadas conversaciones de los invitados, en un ambiente de lo más festivo. Paulina no perdía detalle para que todo estuviese perfecto. Julián se sentía feliz, paseando de la mano de Lucía, su bellísima novia. Incluso Elena, la hija pródiga, había decidido viajar desde Estados Unidos ese día para sorprender a su papá, lo que había disparado los rumores de un inminente compromiso al presentarse en la fiesta con su novio. Virginia estaba exultante. Hasta se animó a subirse al escenario para cantar el *Happy Birthday* a su esposo. Una tarde perfecta en la vida de la familia perfecta.

Pero, de repente, un cadáver aparece en escena.

«La felicidad, ¿no va de la mano de lo que la gente dice de nosotros?»

**Virginia**

Lo que había de ser un feliz día de conmemoración, de esos que terminan inmortalizados en el álbum familiar, se trunca cuando Elena, Julián y Delia, la nana de la familia, encuentran el cadáver de Roberta en el interior de la florería. ¿Qué llevaría a una mujer a ahorcarse en el lugar en que había trabajado tiempo atrás, y en una fecha tan señalada? ¿Por qué había dejado una carta a la atención de la señora de la casa? ¿Y por qué Ernesto, el homenajeado, se derrumba desconsolado cuando ve el cuerpo? Y lo más importante: ¿por qué ese celo en ocultarlo para que ninguno de los asistentes se dé cuenta de lo ocurrido y nada empañe el recuerdo del convite?

Ese suicidio abre las puertas del armario en el que la familia De la Mora lleva años escondiendo sus más oscuros secretos...

Con esta premisa arranca *La casa de las flores*, una serie en la que absolutamente nada es lo que aparece. Esposas, amantes, vidas secretas, hijos ilegítimos, relaciones furtivas, chismes, amores imposibles... La serie tiene todo lo que cabría pedirle a una telenovela, pero con una sorprendente vuelta de tuerca. Una propuesta que conserva la esencia del melodrama a la vez que lo actualiza, conectándolo con los temas de hoy: la homosexualidad, la aceptación, el amor propio, la diversidad, la empatía, la resiliencia... *La casa de las flores* conversa con el espectador con un discurso irónico, desenfadado y plenamente vigente. Y lo hace con personajes entrañables, tan convincentes como surrealistas.

Este libro es un sentido homenaje a las aventuras y desventuras de la familia que robó nuestros corazones y que los fans de todo el mundo ayudaron a encumbrar en sus redes con sus memes, sus fervientes recomendaciones y sus vídeos sa-lu-dan-do al Ca-cas.

«¿Ves como hay secretos que es mejor guardar?
Porque, si salen a la luz, o terminas
colgándote o te terminan colgando.»

**Roberta**

Rosa

**Rosa**

**UNIDAD**

# ÁRBOL
## DE
# FAMILIA

«He dedicado la vida entera a mis hijos,
pero algo me salió mal.»

**Virginia**

*A*buelos, padres, hijos, nietos, bisnietos... y así hasta el infinito.

En la vida de los De la Mora la familia está por encima de todo lo demás. La sangre los une con una fuerza poderosa, y la defienden como si de un castillo feudal se tratase. Solo que ellos no viven aislados en una fortaleza. Viven en una hermosa casa emplazada en Las Lomas, uno de los barrios más adinerados de la capital mexicana, a la que rodea un precioso jardín.

Pero ni en un jardín cuidado con todo el esmero del mundo se puede impedir que en él crezcan flores silvestres y otra maleza. Lo mismo ocurre con el clan De la Mora. Están rodeados de personas que, a pesar de no compartir con ellos vínculo alguno de consanguinidad, se han convertido en compañeros de paisaje. Como las flores espontáneas, estos pueden ser tolerados. A las malas hierbas, sin embargo, solo cabe extirparlas de raíz para evitar que  devoren el ADN del clan.

Carmela

# LOS DE LA
# MORA
## Y OTRAS
## FLORES
## SILVESTRES

Delia

Virginia

Ernesto

Paulina

José María

Bruno

Elena

Dominique

Julián

Lucía

Paulina

María José

Bruno

Lucía

Julián

Diego

Elena

Dominique

Claudio

# LA FAMILIA DE LA
# MORA
## SIN VIRGINIA, OTRAS FLORES SILVESTRES Y MALAS HIERBAS

Delia

Jenny

Salomón

Ernesto

María José

Paulina

Bruno

Alejo

Micaela

Virginia

Roberta

Elena

Simón

Namibia

Lucía

Julián

Diego

Lilas
**Syringa**

**LIBERTAD**

# LAS
# FLORES
## Y SU
# SIGNIFICADO

¿Sabías que detrás de cada flor hay un significado? *La casa de las flores* las utiliza para titular cada capítulo, precisamente para orientarnos sobre cuál será el sentimiento que sirve de hilo conductor de esa entrega en cuestión. Por ejemplo, el primer episodio se llama «Narciso» porque es la flor que simboliza las mentiras, y este es el capítulo en el que se descubre la doble vida de Ernesto de la Mora.

Así pues, recuerda: más allá de su belleza y aroma, las flores encierran una simbología poderosa, un lenguaje implícito que uno debe tener en cuenta a la hora de seleccionar un arreglo o un ramo. ¿Quieres decirle a alguien que lo deseas? ¿Necesitas expresar tu dolor? ¿Desearías comunicar a otro, sutilmente, que sabes que es un mentiroso? ¿Te apetece dar las gracias? Toma buena nota de lo que expresa cada flor para que siempre tengas muy claro cuál es el mensaje que quieres lanzar.

# Narciso

**Narcissus Poeticus**

MENTIRA

# Crisantemo

**Chrysanthemum**

DOLOR

# Lilas

**Syringa**

LIBERTAD

# Petunia

**Petunia Hybrida**

RESENTIMIENTO

# Dalia

**Dahlia**

GRATITUD

# Magnolia

**Magnolia Grandiflora**

DIGNIDAD

# Peonía

**Paeonia**

VERGÜENZA

# Bromelia

**Bromelia**

RESILIENCIA

LAS **FLORES** Y SU **SIGNIFICADO**

# Tulipán
**Tulipa**

# Tusilago
**Tussilago Farfara**

ESPERANZA

PREOCUPACIÓN

# Orquídea
**Orchida**

# Erisimo
**Sisymbrium Officinale**

# Amapola
**Papaver Rhoeas**

LUJURIA

ADVERSIDAD

RESURRECCIÓN

# Rosa
**Rosa**

# Iris
**Iris Germanica**

UNIDAD

FE

## Loto
### Nelumbo Nucifera

**MISTERIO**

## Almendro
### Prunus Dulcis

**DESPERTAR**

## Acacia
### Acacia Sensu Lato

**AMOR SECRETO**

## Clavel
### Dianthus Caryophyllus

**CAPRICHO**

## Geranio
### Geranium

**CONSUELO**

## Heliconia
### Heliconia

**FERTILIDAD**

## Pensamiento
### Viola X Wittrockiana

**REFLEXIÓN**

## Amaranto
### Amaranthus

**INMORTALIDAD**

LAS **FLORES** Y SU **SIGNIFICADO**

*Narciso*
**Narcissus poeticus**

**MENTIRA**

# CRÓNICA
## DE UNA
# FAMILIA
### DISFUNCIONAL

*La casa de las flores* narra la imperfección de una familia que se vende a sí misma como la familia perfecta. Nos muestra lo fácil que resulta mantener las apariencias en los buenos momentos y lo difícil que resulta hacerlo en los malos.

Desde el primer capítulo queda claro la importancia que esta cuestión tiene a la hora de vertebrar toda la serie. Es el cumpleaños de Ernesto. Virginia, temblorosa, toma asiento para que le saquen una foto en compañía de su familia, bajo la escrutadora mirada de todos los asistentes. Los fotógrafos dan rienda suelta a sus cámaras para inmortalizar a los De la Mora. Más que perfecta: ejemplar. De repente, Virginia parece no soportar semejante cúmulo de emociones y cae desmayada ante la atónita mirada de todos los invitados. Una indisposición repentina. Nadie sabe que, en realidad, el colapso lo ha provocado el dolor de un descubrimiento reciente: su exempleada Roberta acaba de ahorcarse en La Casa de las Flores. La suicida, además, era amante de su esposo. La desgraciada fue a escoger justo ese día. El día de la fiesta. Una fiesta que le había llevado meses organizar y en la que tenía la intención de anunciar el próximo festejo para conmemorar los cincuenta años de la florería, una celebración por todo lo alto en la que comunicaría cuál de sus hijos iba a quedar al frente del negocio. Entonces avisan de que es el momento de la foto de familia. Y la infidelidad de su marido queda relegada a un segundo plano. La obsesión por evitar las habladurías y conservar esa imagen de perfección, que tanto le ha costado construir, la lleva a una total negación de la realidad que tiene ante sus ojos.

Pero, antes incluso de que tenga lugar el suicidio, el espectador ya se ha dado cuenta de que la familia De la Mora dista mucho de ser perfecta. Ahí tenemos a Julián, el benjamín que, minutos después de haber paseado a su novia Lucía por la fiesta, se come a besos a Diego, el asesor financiero de la familia. Por este último, manifestando sus dudas sobre cómo sufragarán los festejos, sabemos además que la situación económica de los De la Mora no es tan boyante como podría

«Tienes que pensar en tu futuro.
Hasta también en quién quieres
que salga contigo en la foto.»

**Virginia**

parecer. Elena, que lleva tiempo viviendo en Estados Unidos, llega a la fiesta con su prometido afroamericano, al que su madre se resiste a aceptar. Ese «negrito» no es el yerno que queda bien en la foto, según expresa ella misma. Todo parece estar bañado de una pátina de hipocresía, incluidos los sonrientes invitados a la fiesta, que escudriñan cada detalle, no vaya a ser que se les escape alguna metedura de pata que les permita despellejar a la anfitriona en sus próximas tardes de café. Por no hablar del «amado padre y esposo» que Virginia elogia desde el escenario. El mismo hombre que, encubierto por Paulina, su hija mayor, ha tenido en secreto una segunda familia durante más de veinte años.

Sin embargo, es imposible no sentir afecto por los De la Mora. Porque, a pesar de su comportamiento superficial, la unidad de la familia está por encima de todo. Es la que, aunque esté lejos, sigue en tu corazón, la que extrañas a pesar de las peleas a la mínima ocasión y a la que defiendes ante todo el mundo aunque muchas veces te saque de quicio. Esa familia que reviste las paredes con fotografías y ocupa muebles con brillantes portarretratos. La familia que se apelotona junto a la puerta del dormitorio de Virginia después de que Ernesto suelte la bomba de la casa chica.

En Paulina este amor es especialmente profundo. Cada obstáculo que encara aleja un poco más los límites hasta donde está dispuesta a llegar por proteger a los suyos. Ya sea solucionando problemas para mantenerlos al margen de la humillación y la pena o vengándose para resarcir el honor herido. Al final lo único que consigue es convertirse en una «hija de Judas» que vive pidiendo perdón por lo que hace pero jamás pidiendo permiso por las decisiones que toma sin contar con los demás. El amor que se profesan no se cuestiona. Ni cuando se descubre que Paulina no es, en realidad, hija biológica de su padre. Ni porque Micaela sea el fruto de una infidelidad: su aceptación en la casa grande es inmediata.

En *La casa de las flores* podemos intuir un pasado de felicidad, de florecimiento y esplendor. Pero la trama nos sitúa en

«Somos una familia disfuncional,
rara, pero somos una familia.»

**Paulina**

un momento muy concreto: el de la eclosión de unas circunstancias que la colocan frente a su posible decadencia.

El encarcelamiento de Ernesto por las deudas millonarias de Roberta supone un importante desafío, al destaparse la delicada situación financiera de la familia. Con el progenitor entre rejas y las cuentas congeladas, el código moral comienza a relajarse. La búsqueda desesperada de soluciones les coloca en situaciones que, en otro tiempo, habrían sido impensables. Por ejemplo, que Paulina retome el contacto con su ex, una abogada transexual que vive en Madrid, para que regrese a México y ayude a su padre. O que Virginia convierta la marihuana que fuma a escondidas en una vía para conseguir liquidez…

Todo ello preservando siempre una imagen pública que poco se corresponde con la realidad. Evitar a toda costa que la gente se entere de los problemas familiares es imperativo, aunque comporte inventar que Ernesto está en Japón en un viaje de trabajo o actuar como si nada pasase cuando la florería deja de admitir pagos con tarjeta. Pero el escándalo tiene un precio. Es algo que queda claro cuando trasciende un vídeo sexual de Julián. Virginia decide dar una entrevista para mostrarle públicamente su apoyo, pero la gente comienza a cancelar pedidos en la florería. Que la esposa *incite* a lo inmoral provoca una reacción hipócrita, de alejamiento. «Yo diría que habría que hacerle la ley del hielo, como hicimos con los Solís», dice una de las amigas de Carmela cuando debaten el tema tomando café.

Es en ese punto cuando los personajes se enfrentan a los problemas y tratan de solucionarlos, en el que surge el poderoso vínculo emocional del espectador con ellos. Comprendemos que, en el fondo, son seres humanos dispuestos a hacer lo que haga falta. Y que todas esas dificultades son un viaje transformador, que les hace descubrir lo que son y redescubrir la importancia de los lazos familiares. Aunque comporten alguna renuncia. En el caso de Virginia, por ejemplo, aceptar que conciliar y costear sus dos deseos (la reunión familiar y la

**CRÓNICA**DE UNA**FAMILIA**DISFUNCIONAL

celebración del aniversario de la florería) la obligará a vender el negocio a Los Chiquis para poder costearlo. Y también que necesitará huir para centrarse en luchar contra su dolencia.

Porque Virginia también esconde muchos secretos. Enferma de cáncer, urde una compleja charada para conseguir dinero para la quimioterapia, que hace pasar por una estafa dirigida por Diego. También enfermo de cáncer es su joven amante español, Alejo, a quien confiesa no querer que su familia sepa que va a seguir tratamiento en Houston. Solo gracias a él sabemos que, incluso en la distancia y quemando los últimos cartuchos de su vida, su recuerdo es para ellos. Por eso le pide un último favor: que, cuando ella muera, vaya a México a comprobar que todos están bien.

La muerte de Virginia tiene un poder profundamente transformador en los miembros de la familia. Primero tiene lugar un alejamiento, derivado del duelo. Todos están convencidos de que su madre murió de pena por no tener dinero y haberse visto forzada a vender la florería a Los Chiquis. Pero el deseo de ser una piña sigue muy latente.

Ha transcurrido un año y los De la Mora han seguido caminos diferentes. Paulina vive en Madrid con María José, en un entorno que para ella es profundamente hostil. Su cuñada la odia, no se adapta a la ciudad y se muere de nostalgia por los suyos. Vive, además, muy resentida con Diego, que se fugó con el dinero. Desde entonces no ha parado de pensar en cómo vengarse de él. Algo que probablemente haya heredado de su madre. «El karma es lento… hay que ayudarle», acostumbraba a decir. Cuando se entera de que han impugnado el testamento, comprende que es la excusa perfecta para volver a La Casa de las Flores, reunir a la familia, resarcir el honor dañado y recomponer el prestigio que en otro tiempo tuvieron. El panorama que encontrará allí, sin embargo, es sencillamente desolador.

Virginia ya no está, pero su ausencia tiene una resonancia poderosa en cada uno de los personajes. Era, en cierta medida, la brújula de la familia y sin ella las vidas de los demás circulan sin rumbo. Julián sigue dando tumbos. Sin su madre y sin Diego se siente vitalmente desamparado. Sigue sin trabajar, no es capaz de establecer una relación seria con nadie y apenas se interesa por el resto de la familia. Tan solo su inminente paternidad (Lucía está embarazada y asegura que el hijo es suyo) parece inyectarle algo de ilusión, hasta el punto de que ser padre, que antes le producía vértigo y rechazo, comienza a parecerle una buena idea. Elena está todavía más descentrada. Ha conseguido trabajo en un estudio de arquitectura pero no da una a derechas. Cada vez que se enamora de un tipo pierde completamente los papeles, descuidando su trabajo por el camino y provocando alguna que otra catástrofe. El cambio más sensible, sin embargo, lo tenemos en Ernesto. Perder a los dos amores de su vida en tan corto espacio de tiempo lo hundió en una profunda crisis vital. Halló refugio en la comunidad liderada por Jenny Quetzal, que prometía superar el dolor y recuperar una vida plena. El grupo, sin embargo, es una secta que ordeña económicamente a sus seguidores. Y así, Paulina descubre, horrorizada, que su padre

«*No pienso ser víctima ni de su hipocresía ni de su doble moral, porque eso fue lo que me mantuvo lejos de mi mamá.*»

**Paulina**

vendió meses atrás su cabaret, la otra Casa de las Flores, porque, según él, no quería más dramas. Solo retirarse en paz y ser feliz. En cuanto a Micaela, de ella tan solo Delia parece estar pendiente. Con la rebeldía propia de la adolescencia, vive obsesionada con presentarse a Talento México.

Comienza aquí la segunda cruzada de Paulina: hacer pagar a Diego (culpable del colapso familiar), recuperar a toda costa La Casa de las Flores, símbolo de lo que Virginia fue, y devolver a la familia a los tiempos de felicidad. La vía para recuperar la florería no puede pasar por la venta voluntaria de Los Chiquis, cerrados en banda a la idea. La primogénita deberá centrar sus esfuerzos en recuperar el cabaret y devolverlo a su antiguo esplendor. A tal nivel llega su obcecación que acaba convirtiéndolo en una casa de alterne. Y ni todo lo que hace Diego para demostrar que no tuvo nada que ver en el supuesto robo del dinero (incluso recuperar la propiedad del cabaret en una pelea de gallos) hace que ella le perdone. Llega incluso a denunciarlo por proxenetismo a la policía por las actividades ilícitas que tienen lugar en La Casa de las Flores. Al final no tiene más remedio que admitir que la situación se le ha ido de las manos. Autoinculparse por el delito es para ella una poderosa redención. Supone admitir lo que José María siempre le recordaba: «Siempre tienes que cuidar de todo el mundo, siempre tienes que solucionar todos los problemas. Y, cuando alguien te ofrece su ayuda…, te escudas. Eres incapaz de reconocerte vulnerable. Incapaz».

Petunia

**Petunia Hybrida**

RESENTIMIENTO

LOS
PERSONAJES

Virginia de la Mora

**IN MEMORIAM**

*«¿Qué dirá la gente?»*

# LO QUE **MOSTRABA**

Virginia era la matriarca de la familia, la clásica mujer mexicana conservadora y de clase alta. Siempre fue una señora refinada. Le gustaba arreglarse y verse bonita. Lograba trasladar ese buen gusto por los detalles a su trabajo. La huella que ha dejado en la familia es profunda. Su muerte no ha hecho sino reforzar el papel decisivo que jugó en la vida de los suyos y la intensidad de su amor por ellos. Eso estaba por encima de cualquier otra cosa.

Además de la familia, la florería fue otro de los pilares fundamentales de Virginia. Durante cincuenta años La Casa de las Flores estuvo presente en los eventos más importantes, desde bautizos hasta bodas de presidentes de la República. Era muy consciente de que la fidelidad de su clientela en un barrio como Las Lomas dependía de su capacidad para combinar una atención exquisita con la más pulcra de las reputaciones. Cada cliente que cruzaba el umbral de su negocio se llevaba un pedacito de esa aura de *prestigio* que se esforzaba por imprimir a su familia.

Ernesto le había dado las tres cosas más importantes de su vida: sus tres hijos. Además, había sido un gran esposo, un padre abnegado y un trabajador incansable. Lo que fuese por proveer de lo mejor a su familia.

A Virginia los planes que tenía en mente para su prole no le salieron como había previsto.

El matrimonio de su hija mayor, Paulina, no fue bien. Eso la entristeció, pero le dio su primer nieto, al que adoraba. Siempre confió en ella para sucederla al frente del negocio. Para Elena, la mediana, deseaba lo que cualquier madre: un esposo bueno y respetuoso. Pero ella, con su «amor de condominio», no consiguió llevar a la casa a un yerno de verdad. A Virginia no le preocupaba en exceso. Una niña linda e inteligente como ella no tendría problema alguno para casarse. Quedaba Julián, el niño de sus ojos. Con Lucía, su novia, la boda parecía inminente. Una familia unida para lucir orgullosamente ante todo el mundo.

# LO QUE ESCONDÍA

A Virginia la infidelidad la cogió por sorpresa. Veinte años de engaño del que creía un marido ejemplar. El cumpleaños de Ernesto fue el día en que todo su mundo comenzó a derrumbarse. Es como si Roberta hubiese destapado la caja de pandora, sacando a la luz los más terribles secretos de la familia.

«Virginia de la moral», le decía con sorna Juanpi. Su trabajo le había costado. Creía haber escogido bien a Ernesto. Se casó como manda la tradición. Por la iglesia y de blanco. Medio virgen... Por fortuna la complicidad de su esposo le permitió ocultar que estaba embarazada de otro hombre. Y él aceptó asumir el rol de padre. Pero de marido abnegado y padre afectuoso pasó a ser el pendejo. Y de mal en peor. Porque la fallecida le pidió que acogiera a su hija, ilegítima. Y ¿cómo negarse, si al fin y al cabo, Ernesto había hecho lo mismo por Paulina? A eso se sumaba la crítica situación financiera, su esposo en prisión, un hijo empeñado en salir del armario (como si eso fuese necesario, ¡qué ganas de sufrir!) y una hija prometida con un «negrito». Pero lo peor fue lo de Paulina. Hija de Judas. Ella, conocedora de la traición y saltando de una casa a otra como si nada... Por si fuera poco, hizo volver de España a su ex, José María, al que ahora le ha dado por llevar tacones.

Por suerte tenía su marihuana. Durante un tiempo le ayudó a sobrellevar las molestias del cáncer. Luego la convirtió en su ansiolítico y en un negocio encubierto para sacar algo de dinero tras el embargo de las cuentas familiares.

Al final, Virginia planeó su huida con Diego como cómplice. No quería que su familia, ni que esa sociedad por cuyos dimes y diretes tanto se preocupó, fueran testigos de su deterioro.

Virginia murió como vivió: comprendiendo que los absurdos prejuicios de la gente no debían ser un obstáculo en la felicidad de sus hijos. Y así vendió la florería a Los Chiquis, para sacar a su marido de la cárcel y mantener a la familia unida.

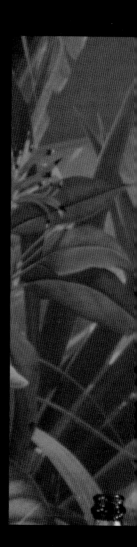

LO QUE LA **DEFINÍA**

Ernesto de la Mora

«¿Con qué dinero crees que se pagaron los viajes, los coches, el Club? Nos lo pagó el dinero de esta Casa de las Flores...»

# LO QUE **MUESTRA**

Ernesto es el viudo de Virginia, un buen hombre que siempre adoró a sus hijos y a su mujer. Cuarenta años de matrimonio no hicieron mella en su relación. Hasta el día de su último cumpleaños juntos, le cantó el *Happy Birthday* como si de Marilyn Monroe se tratase. Sabe perfectamente lo que es el compromiso y las responsabilidades inherentes a la paternidad. Gracias a sus negocios logró tener todo lo que siempre había querido, proveyendo a los suyos de un elevado tren de vida. Todo en la vida de Ernesto son buenas intenciones, pero no alcanza a calibrar las consecuencias que pueden tener sus acciones.

Padre amantísimo, hasta de los hijos que no son suyos, su interior destila una honestidad total cuando dice a los suyos que los quiere. Y también cuando reconoce con rotundidad el importantísimo papel que ha desempeñado Virginia dentro de la familia.

A Ernesto no le preocupa en exceso la opinión de los demás. Pero comprendió que aquello sí era importante para Virginia, y por eso aceptó su juego, aunque a veces eso implicara asumir hechos con los que no estaba del todo de acuerdo. ¿Pero quién era él para decidir las cosas que hacen felices a los demás?

La muerte de Virginia lo ha sumido en una profunda depresión. Desde entonces ha buscado consuelo en los cursos de la parvada. Ellos le han enseñado la importancia de dejar de aferrarse a los recuerdos… y fluir.

# LO QUE **ESCONDE**

Probablemente el mayor problema de Ernesto siempre haya sido ser Ernesto. Es un hombre incapaz de ver más allá de sus narices. Justificó su doble vida asegurando que fue la que consiguió proporcionar a la familia el desahogo económico.

Durante muchos años logró tenerlo todo, incluidas dos mujeres enormemente atractivas. No le juzguéis. ¿Qué iba a hacer? Virginia era la mujer perfecta. Se enamoró de ella como un chiquillo. Roberta sabía bailar. Y también le robó el corazón. Amor, sí, pero no tanto como para destruir su otro gran amor: su familia. Es cierto que a veces se sentía un egoísta, pero también profundamente afortunado: dos esposas bellísimas y complementarias, dos casas, la grande y la chica, en las que refugiarse cuando estaba hastiado de una de sus vidas, y una hija que le ayudaba a mantener la charada.

Desde hacía tiempo sabía que el dinero preocupaba a Roberta, pero ¿quién le iba a decir a él que eso la empujaría a suicidarse el día de su cumpleaños? Después del suceso descubrió lo ingenuo que había sido. Se destapó un desfalco que lo llevó a la cárcel y a destruir su matrimonio. Veinte años de engaño era algo que Virginia no estaba en condiciones de poder aceptar. Sí que aceptó a Micaela. Así de grande y bondadoso era su corazón con los niños.

Muertas las dos, conoció al grupo que le salvaría la vida. Ni en mil años habría podido imaginar que un ser de luz como Jenny se iba a fijar en él… y en su billetera.

# LO QUE LE **DEFINE**

Su bondad.

# LAS**CURIOSIDADES**

Arturo Ríos, actor que interpreta a Ernesto de la Mora, tuvo un papel en *Y tu mamá también*, película protagonizada por Gael García Bernal, hermano de Darío Yazbek por parte de madre.

Paulina de la Mora

«Ol-vi-dé can-ce-lar el ma-ri-a-chi.»

# LO QUE **MUESTRA**

La primogénita de la familia De la Mora siempre sintió que estaba destinada a ser la digna sucesora de su madre. Una mujer profesional, resuelta, y la nueva persona al frente de La Casa de las Flores cuando su madre decidiese retirarse. Durante varios años fue la administradora de la florería, labor que desempeñó de manera ejemplar.

Paulina es una mujer educada y servicial, muy inteligente, y tan cuidadosa con los detalles como lo fue su madre. No hay evento, reunión familiar o situación complicada que no sepa resolver. También es una mujer muy pragmática, que encara los problemas de frente y no descansa hasta solventar lo que la vida le pone por delante.

En lo personal las cosas no le salieron demasiado bien. Se casó y tuvo un hijo precioso. Las causas del divorcio son un auténtico misterio. Tan solo se sabe que su ex, un exitoso abogado, regresó a España hace cinco años, cediéndole la custodia de su hijo. Desde entonces, ha sido padre y madre a la vez, demostrando a todos su capacidad para superar cualquier adversidad.

Su madre le enseñó la importancia de guardar las apariencias y no airear las intimidades. Heredó también su resentimiento. Pero igualmente su capacidad para perdonar a quien se ama de verdad. «Tu familia podrá hacerte muchas cosas, pero una madre siempre será una madre.» Y ella tuvo a la mejor.

# LO QUE ESCONDE

De Roberta aprendió que a veces los sacrificios más grandes no tienen recompensa. Puede que ella sea demasiado orgullosa para pedir ayuda, pero creció creyendo que debía solucionar los problemas de todos, incluso cuando no se lo habían pedido.

Siempre le han dicho que es la consentida de su papá. Lo que pocos saben es que en realidad su verdadero padre es Salo, y que ha cuidado de Ernesto como si de un hijo se tratase. Se pasó parte de su adolescencia y su edad adulta encubriendo y arreglando sus errores. Juntos vivieron esa doble vida, la casa grande y la casa chica, la florería y el cabaret, para preservar la unidad familiar.

La máxima de Paulina es que ella sola puede con todo. Es una mujer muy racional que reprime al máximo sus emociones a pesar de que en el fondo sea muy vulnerable. No se deja ayudar, lo que le acarrea muchísimos problemas con quienes la quieren. Nadie ha logrado penetrar esa coraza con la que se ha cubierto para protegerse.

Solo una cosa ha roto a Paulina. La muerte de su mamá y la de Roberta. Lloró a las dos por lo mucho que significaron para ella. Sin ambas asiste, impotente, al desmoronamiento de las dos Casas de las Flores. Pero para Paulina la desgracia no hace sino echar gasolina a una fuerza poderosa: la venganza.

# LO QUE LA DEFINE

Su determinación.

# LAS **CURIOSIDADES**

La mitad del pelo de Paulina (la parte de atrás) es una peluca. Gracias a ella tardaba mucho menos en estar lista para el rodaje.

Su ya icónica forma de hablar no tardó en convertirse en fenómeno viral. Según Manolo Caro, no lo vieron venir. «La noche que salió el #PaulinaDeLaMoraChallenge pensé que iba a ser un chiste fugaz de internet de las once de la noche, porque empezó muy tarde. Yo me acuesto muy tarde, lo vi y pensé: «Ay, qué chistosa es la gente». Cuando me desperté y Netflix me habla y me dice: «¿Ya has visto Internet? Llevamos toda la noche y toda la mañana siendo *trending topic* con el #PaulinaDeLaMoraChallenge». Entonces le pedimos a Cecilia, que estaba de vacaciones, que le hablara al público para que este se sintiera motivado de hacer más.

Elena de la Mora

«Soy como muy entregada, muy pasional. Hago lo que sea por complacerlos. De verdad, lo que sea. Bueno, el punto es que cada vez que hay un hombre en mi vida arruino la mía, y como siempre hay uno, arruino mi vida siempre...»

# LO QUE **MUESTRA**

Elena de la Mora es la dulzura personificada. Con sus intensos ojos azules y esa amplia sonrisa, heredada de su madre, ha crecido arropada por el cariño de su familia. Los quiere a rabiar. Marcharse al extranjero y dejarlos no fue fácil. Pero era necesario para estudiar en una universidad de élite y regresar a su México natal convertida en una arquitecta de éxito.

Pretendientes le sobran. Todos de buena familia. Y, claro, se casará como Dios manda: por la Iglesia y de blanco. ¿Hijos? Sí, seguro. Le encantan los niños y sabe perfectamente la ilusión que le hace a su madre tener más nietos correteando por la casa.

Con sus hermanos tiene una relación estrecha. Sobre todo con Julián, el más cercano por edad. También hace muy buenas migas con Delia. Al fin y al cabo, fue como una segunda madre para ella.

# LO QUE **ESCONDE**

¡Qué duro es ser la hija de en medio! Luego le dicen que es una rebelde, pero con una hermana neurótica, un hermano gay («aaayyy, no se hagan») y una madre severa en lo que se refiere a su futuro, no le ha quedado otra. ¡Hipócritas! No soporta que todo el mundo se crea más cualificado que ella para resolver problemas…

Elena siempre ha querido pertenecer a otro mundo y a otra cultura, pero en el fondo tiene en su ADN el gen de una mujer mexicana que busca una familia.

El viaje a Nueva York fue, en realidad, una huida hacia delante. Elena no quería seguir los pasos que su mamá esperaba de ella: casarse con un «niño bien» y tener hijos antes de los treinta. En vez de eso, se fue a estudiar arquitectura y ahí se enamoró de Dominique. Sus planes eran quedarse en la Gran Manzana y trabajar en algún despacho de arquitectos. Se comprometieron para conseguir la *Green Card*. Casi matan a Virginia del disgusto.

Pero, en realidad, Elena es de corazón inquieto, impulsiva e indecisa. La muerte de su mamá la desestabiliza todavía más. Y la vuelve más promiscua… ¡Como si ustedes no cogiesen! Cada uno vive el duelo a su manera.

# LO QUE LA **DEFINE**

WHATSAPP      Ahora

**LOUIS**
Estoy caliente, chèrie 🔥🔥🔥!

WHATSAPP      Ahora

**LOUIS**
...nadie me lo hace como tú.

WHATSAPP

**LOUIS**
Te voy a dar toda la tarde como te gus

# LAS**CURIOSIDADES**

Durante la primera temporada Aislinn Derbez estaba embarazada, aunque los espectadores nunca se dieron cuenta porque
siempre llevaba ropa muy holgada cuando se rodó la serie.

Julián de la Mora

«Cagándola desde 1989.»

# LO QUE **MUESTRA**

Julián es el menor de los hermanos y el único que siguió viviendo con sus padres mientras duró su matrimonio. Era el ojito derecho de su madre, el hijo afectuoso que siempre estaba pendiente de ella, ya fuese para ayudarle a elegir ropa o para hacerse la manicura y la pedicura juntos.

Tuvo una relación muy larga con Lucía, otra niña bien, guapa y educada. Virginia se había empezado a hacer ilusiones con que algún día le pidiese el anillo de la bisabuela. Pero luego le dio por salir del armario y montar un escándalo tremendo. Le supo muy mal por ella. Al final consiguió convencerla de que no era algo tan terrible. Después, incluso, cuando Lucía hizo público el vídeo sexual que protagonizaba Julián con otro hombre, su madre lo ayudó a ponerla en su sitio. Lástima que no viviese lo suficiente para conocer a Namibia. Se habría vuelto loca con la niña.

# LO QUE **ESCONDE**

¡Ay, pobrecito! Tan tonto... Eso le pasa por grabarse. Julián sabe bien lo que es cagarla. Pero sus meteduras de pata jamás le han traído consecuencias. Es el más consentido de los De la Mora. Nunca le han presionado ni reñido. Por eso no sorprende que, a sus veintilargos, no haya trabajado ni un día en su vida.

¿Qué le deparará el futuro? Ya se verá. No quiere estresarse. Toma muy malas decisiones cuando se siente bajo presión. Y no siempre tiene claro lo que quiere de verdad. Bueno, quizá sí, cuando lo pierde. Entonces es cuando le llegan los ataques de cordura.

Virginia lo quiso mucho, pero la falta de límites y control paterno lo convirtieron, en parte, en la persona que es: indeciso, ingenuo, poco dado a pensar las cosas y emocional hasta el infinito. Y también muy cobarde. Hicieron falta cinco años para que confesara a su familia que estaba saliendo con Diego.

Desde que ella murió y con un padre abducido por la parvada, Julián vive el duelo con una profunda inseguridad sobre lo que quiere en la vida. Ahora se debate entre ser padre o *escort*... Si Virginia levantase la cabeza.

# LO QUE LE **DEFINE**

Su inmadurez.

# LAS**CURIOSIDADES**

La escena en la que Julián está tumbado sobre un lecho de rosas está inspirada en *American Beauty*. Se filmó en la sala de la casa de la familia De la Mora. La productora, Majo Córdova y el propio Manolo Caro aventaban desde arriba los pétalos de rosa.

Diego Olvera

«Julián, haz las cosas bien.»

# LO QUE **MUESTRA**

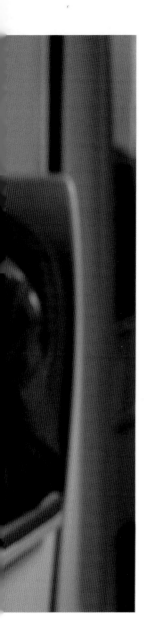

Diego sabe lo que es el éxito. Es asesor financiero y trabaja para una buena empresa. Tiene, como quien dice, la vida resuelta. Es cierto que no es fácil ser gay, pero ha sabido vivir su sexualidad con discreción. No es que viva dentro del armario, pero tampoco va pregonando a los cuatro vientos su orientación. Por eso no le ha traído mayores consecuencias. Evidentemente tiene planes para el futuro. Ya tiene una edad y le gustaría sentar cabeza. Una pareja estable, tener niños…, solo que todo se está demorando por causas ajenas a su voluntad. Bueno, no, por la inmadurez de su novio.

Desde que comenzó a trabajar con la familia De la Mora se ha vuelto uno de sus hombres de confianza. Era frecuente verlo en sus reuniones familiares y que todos sus miembros se relacionasen de forma cordial con él. Por eso cuando Virginia le pidió ayuda no lo pensó dos veces…

# LO QUE **ESCONDE**

Cuando Ernesto le presentó a Julián, fingió sorpresa, pero en realidad ya se conocían. Habían tenido un tórrido encuentro en unos baños públicos. Desde ese momento habían trascurrido cinco años viviendo un amor prohibido, sin decírselo a nadie.

No soportaba ver a Julián con Lucía. Aunque en el fondo comprendía su situación. Salir del armario no es tarea fácil. Sus propios padres dejaron de hablarle cuando lo hizo. Sin embargo al final se hartó de las infidelidades de él y decidió romper con todo. Virginia le dio la excusa perfecta. El odio necesario para dejarle y dinero suficiente para empezar una nueva vida. Pero el corazón no siempre está de acuerdo con nuestros planes.

Regresó y logró reconciliarse con Julián. Hacerlo con la familia costó un poco más. Sobre todo con Paulina, que le consideraba causante de la quiebra de su familia y también de la muerte de su madre. Recuperar el cabaret para ella no funcionó. Tampoco arreglar las cosas con su hermano, y ayudarlo con su hija. Al final hasta pasó por la cárcel por algo que no había hecho, pero, misterios del destino, lo acabaron soltando. Sabe que a Julián le rompió el corazón que Namibia no fuese su hija de verdad. Por eso pensó que un niño con los genes de los De la Mora conseguiría arreglarlo. Y Elena estuvo de acuerdo…

# LAS**CURIOSIDADES**

El personaje de Diego Olvera fue escrito pensando en Juan Pablo Medina. Es el actor con el que más veces ha colaborado Manolo Caro, el creador de la serie.

María José Riquelme

«Paulina. Creo que tenemos que hablar. Soy mujer.»

# LO QUE **MUESTRA**

Vivió tanto tiempo encerrado en trajes de chaqueta y corbata que ahora llevar tacones le resulta incluso liberador. Al final, que Paulina le pillase probándose su ropa fue lo mejor. La perdió, pero se recuperó a ella misma. Aunque tuviese que volver a su país y dejar a su hijo.

Puede que ahora tenga pechos pero es exactamente la misma persona que era. Ha cambiado de sexo y, por extensión, el género de las cosas que la definían. Ya no es abogado. Ahora es abogada, pero con el mismo éxito. Y su personalidad tampoco ha cambiado. Sigue siendo una persona realista, trabajadora y muy directa. Es de las que dice las cosas como son. Siempre dispuesta a ayudar cuando ve una injusticia. Aunque una cosa es mediar cuando algo no es justo y otra muy distinta que la tomen por tonta. Y esa línea es la que Paulina cruza a diario.

María José la quiere. Por eso no duda en regresar para ayudarla en cuanto meten a Ernesto en la cárcel. Ni tampoco cuando, tras la muerte de Virginia, la situación de la familia se vuelve insostenible. Pero también siente una profunda frustración porque ella no se dé cuenta de que, además de su familia de sangre, tiene otra a la que con frecuencia ignora porque da por sentado que siempre estarán ahí para ella. Está claro que, cuando se trata de valorar cuánto puede llegar a manipularte la familia, siempre se ve la paja en el ojo ajeno pero no la viga en el propio…

# LO QUE **ESCONDE**

Durante un tiempo escondió que era una mujer encerrada en un cuerpo de hombre.

# LO QUE LA **DEFINE**

Su tolerancia.

# LAS**CURIOSIDADES**

Paco León tardaba unas dos horas en convertirse en María José Riquelme gracias a la magia del maquillaje.

# Bruno Riquelme de la Mora

«No somos una familia normal.»

Es el hijo de Paulina y María José. A sus 16 años está en el momento de la rebeldía. Se desespera con su mamá porque es muy controladora. Más allá de esa actitud típica de un adolescente, es una buena persona. Con Micaela (su tía, qué raro suena eso) establece muy rápido una relación muy especial. De hecho, es quién más le arropa y apoya cuando ella decide lanzarse a la conquista de Talento México. Tras un año viviendo en Madrid, ha vuelto a La Casa de las Flores con acento español. Pero se nota que lleva México en su corazón.

## LO QUE LE DEFINE

Su simpatía.

# Delia

«La colgada le dejó una carta a tu mamá.
Y yo así, sin querer, leí un parrafito.»

A Delia no le une la sangre a los De la Mora pero lleva tantísimo tiempo viviendo con ellos que es prácticamente de la familia. Además de ayudar con los niños y en la casa, trabajó codo con codo con Virginia en la florería hasta que Los Chiquis se convirtieron en los nuevos propietarios.

De Delia sabemos muy poco. Solo que es «de enamoramiento fácil» y que va a un grupo para gestionarlo. Pero Delia sabe mucho. Y cuenta muy poco. Lo hace a cuentagotas, y solo cuando cree que lo que va a decir es mejor que quedarse callada. Le gustan los chismes como a cualquiera, pero jamás ha dejado que nada de lo que sabe saliese de las paredes de la casa grande.

Desde que la señora murió, ella se ha convertido en el motor que consigue que esa casa grande siga en marcha. Es la única que presta atención a Micaela y que muestra interés por que la mansión mantenga algo del esplendor que la hizo grande en otros tiempos. Al final, que Virginia le deje una renta vitalicia en su testamento es lo de menos. Que le encomiende el cuidado de los hijos es lo que verdaderamente refleja lo importante que es Delia para la familia.

# LO QUE LA **DEFINE**

Su discreción.

# Carmela Villalobos

«*Reconozco la soledad.*»

Carmela había sido la amiga de Virginia desde tiempos inmemoriales. Para una mujer de su edad, sola y sin ocupación alguna, el chismorreo es casi un deporte necesario. Y lo practica a la mínima oportunidad. Siempre está a la expectativa, observando, escrutando lo que le cuentan los demás para ver una brecha a través de la cual poder descubrir ese jugoso secreto que amenizará el próximo café.

En el fondo Carmela no es una mala persona. Tan solo una señora que, sin una vida propia, vive intensamente la de los demás.

Elena y Claudio se la intentaron jugar liándola con Poncho. Lo que nadie se esperaba es que aquello acabase convirtiéndose en un romance de película. Con drama incluido. Su esposo se puso furioso cuando los encontró juntos en la cama y les disparó. Poncho acabó en una silla de ruedas, pero ellos han logrado sobreponerse a la adversidad. Y, ahora sí, con una vida propia, a Carmela se le han quitado las ganas de chismorrear.

## LO QUE LA **DEFINE**

Su tenacidad.

# Salomón Cohen

«Estás casada con un hombre que está en la cárcel pagando la deuda de su amante. Tú mereces mucho más que eso.»

Salo es otra de las personas en las que Virginia dejó una profunda huella. Tras un fugaz noviazgo (con una sorpresa que solo descubriría varios años después), él se casó con una buena chica judía e hizo su vida. Pero los De la Mora siempre han estado presentes. Es psicólogo infantil y de vez en cuando visitaba a los hijos de Virginia para ayudarles a gestionar los problemas habituales a los que se enfrentan los chiquillos. Virginia le llevó flores cuando enviudó y en aquel momento se dio cuenta de lo importante que había sido y todavía era en su vida. Averiguar que Paulina era, en realidad, su hija, le llenó de alegría. Le ofreció la oportunidad de conocerla un poco mejor. Y la separación de Ernesto le hizo creer que de verdad era posible un futuro con ella.

No hay trauma ni problema que Chuy, su calcetín gay, no sea capaz de resolver.

## LO QUE LE DEFINE

Su amabilidad.

# Dominique Shaw

«Haces que parezca que les vamos a dar una noticia terrible...»

De Dominique sabemos dos cosas: que es educado y que tiene debilidad por las mujeres latinas. Conoció a Elena en Nueva York, donde ella estudiaba. Al ver que el permiso de residencia por estudios estaba a punto de expirar, el matrimonio con la segunda De la Mora le pareció una buena idea para matar dos pájaros de un tiro. No acaba de entender que algo que debería ser motivo de alegría se convierta en una auténtica pesadilla para su futura suegra. Al final consiguió convencerla del cariño por su hija, e incluso la ayudó a sacarla de los brazos de Claudio. Eso sí, luego Elena lo dejaría. Pero eso ya es otra historia…

## LO QUE LE **DEFINE**

Su saber estar.

# Lucía Dávila

«Esta loca quiere su anillo de compromiso, putito.»

Durante mucho tiempo, Lucía fue la novia de Julián, la típica joven hermosa que queda bien en los retratos familiares. Y peleó duro por formar parte de la foto, tolerando incluso cosas que para otras serían impensables. Sabía perfectamente que Julián era gay, pero eso era secundario. Sus planes eran otros. Primero lo amarró con sexo. Luego con un intento de chantaje. Y al final con una niña. Solo Diego conseguirá desenmascararla y descubrir su engaño: querer hacer pasar a Namibia por hija de Julián para sacarse una renta extra, sencillamente porque su verdadero padre se había desentendido de ellas. En el fondo sus objetivos no diferían de los de Virginia: tener la vida solucionada casándose con alguien de buena familia.

## LO QUE LA**DEFINE**

Su aspecto.

# Raúl Almaguer «Cacas»

« Déjame felicitarte.
Te salieron rechulos los hijos, ¿eh?»

Probablemente si no hubiese sido por El Cacas, Ernesto no habría sobrevivido en prisión. De carácter simpático y guasón, acaba yéndose a vivir a la casa grande cuando sale de la cárcel. Es afable, sabe escuchar y le gusta vivir rodeado de gente. Lo de la parvada no termina de convencerle.

Al Cacas le debemos una de las mejores salidas de Paulina de la Mora.

**Paulina:** Este no es mi papá.
**Cacas:** Oye, tú eres artista, ¿verdad?
**Paulina:** Ay, ¿qué le pasa?
**Cacas:** Tú eres Julieta Venegas...
**Paulina:** ¡No, hombre! Ganas tiene la Julieta.

## LO QUE LE DEFINE

Su chispa.

# Roberta Sánchez

«Ahora ya no solo es una mujer despechada en su contra. Ya somos dos. Y eso, probablemente, sea la peor combinación.»

Roberta trabajó durante un tiempo en La Casa de las Flores. Allí conoció a Ernesto. El flechazo fue instantáneo. Lo suyo con él fue lo más parecido a un matrimonio que tuvo nunca, con un nido de amor (la casa chica), un negocio propio (la otra Casa de las Flores) y una hija en común (un accidente carísimo). Roberta se convierte en narradora de la historia. La cuenta como alguien que ha escuchado cientos de quejas por parte de su amante, que ve desde fuera hasta qué punto difiere la realidad de lo que la familia De la Mora aparenta. El único error de Roberta fue no calcular hasta dónde podía endeudarse. Y acabó estafando a Ernesto. Decidió morir, pero dándole a su suicidio un propósito: sacar los trapos sucios de los De la Mora del armario. Dejar que ellos también muriesen socialmente. Solo así podrían renacer.

## LO QUE LA**DEFINE**

Su sabiduría.

# Micaela Sánchez

«Todo empezó cuando mi mamá me dijo que me tenía una sorpresa, pero la sorpresa era que se había ahorcado en la florería de la esposa de mi papá.»

Es la hija de Ernesto y Roberta. Llegó tarde a sus vidas y tras costosos tratamientos de fertilidad. Vivió casi toda su infancia en una burbuja, pensando que su papá viajaba mucho y es por eso que no lo veía tanto. El suicidio de su mamá la obligó a crecer rápido. A veces demuestra tener las cosas más claras que los adultos que la rodean.

Con la muerte de Virginia y su padre abducido por la parvada, Micaela se ve desamparada, sin más atención que la de Delia.

## LO QUE LA **DEFINE**

Su madurez.

# Claudio Navarro y Ana Paula «La Chiquis» Corcuera

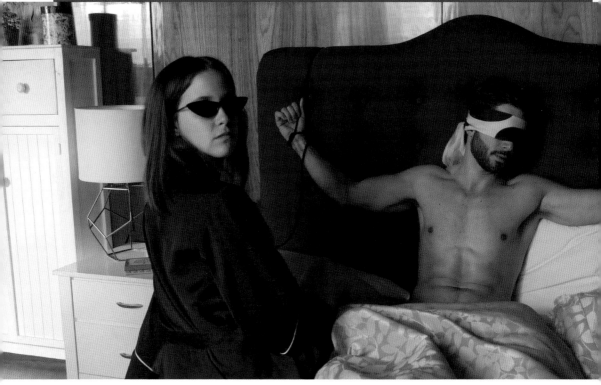

«Por favor, Chiquis, no lo hagas. Si mi hermanita gana el concurso, más lo que ha juntado Paulina, estoy seguro de que te pueden pagar lo que pides, por favor...»

**Claudio**

Claudio es el hijo mayor de Roberta, la amante de Ernesto. Es una persona honesta, práctica y con buenas intenciones. Cuando conoció a Elena no pudo evitar fijarse en ella. Tuvieron una relación muy apasionada. Pero acabó. Nunca se planteó tener una relación seria con nadie. Al menos hasta que conoció a La Chiquis. La joven ciega que, además de florerías, roba corazones.

¡Pinche Chiquis!, que diría Elena. Después de tanto tiempo haciéndose la competencia y tras varias ofertas rechazadas, consiguió incorporar la florería de los De la Mora al patrimonio de los Corcurera. Total, ¿para qué? Solo para verla demolida.

La Chiquis, como toda joven de su edad, quiere encontrar pareja pero su ceguera no le pone las cosas fáciles. No se puede ligar cuando tu lazarillo es tu hermano. Hasta que, por accidente, su vida se cruzó con la de Claudio. Y saltaron las chispas.

# LO QUE LES DEFINE

Su seguridad.

# LA VIDA DESPUÉS DE VIRGINIA

## *Purificación*

Hermana de María José. Comparte casa en Madrid con ella, Paulina y Bruno. La cercanía que tiene con su hermana es enfermiza, siente celos y se comporta de manera hostil con su cuñada la mayor parte del tiempo. Cuando Paulina quiere volver a México, tiene miedo de perderlos a todos y quedarse sola con su Periquita «Esperanza». Hará lo posible por evitar que la pija De la Mora siga en sus vidas.

# Jenny Quetzal

Jenny es la gurú del grupo de éxito La parvada. Es una excelente manipuladora, capaz de convencer a cualquiera para que este le dedique su vida y le dé todo lo que tenga. Con su estrategia estafadora ha conseguido muchísimo dinero y suficiente poder para conocer a los personajes más influyentes del mundo empresarial y espiritual: Bono, el Dalai Lama, etc. Cada cierto tiempo, Jenny elige a un hombre para *unirse* con él en una especie de matrimonio informal. La meta final de su grupo es lograr el a*scenso*, que es una especie de Nirvana del éxito, en el que sus seguidores cruzan a otra dimensión a través de un estado incorpóreo trascendental.

# Celeste

Fundadora de Adictos al Amor en su salón de belleza. No es terapeuta, se trata de un grupo de autoayuda un poco improvisado en el que algunas personas se juntan para hablar de sus problemas de amor y sexo. Por ser la fundadora también es la líder, pero no tiene autoridad moral sobre nadie, sobre todo porque su *problema* es que desfalca a los hombres mayores con quienes sale. Con su cabello teñido, un notorio maquillaje y las uñas estilizadas de manera vistosa, en seguida se nota que es la dueña de un salón de belleza.

## *Simón*

Sacerdote en el presente, fiestero salvaje y legendario en la década de 1990, acude al grupo de ayuda Adictos al Amor para evitar recaídas. Elena lo hace flaquear. Trata de portarse bien pero resulta incorregible. Siempre cede a las tentaciones. Cae bien, aunque se ve en seguida que es mentiroso e hipócrita.

## Rosita

Futura cantante de ópera, con una voz impresionante que heredó de su progenitora, una soprano que nunca consiguió renombre. Enamora perdidamente a Bruno. Al final se descubre que su caso es como el de los Milli Vanilli y que, cuando canta, en realidad oímos a su madre. De todos modos, los jurados quedan impresionados con la calidad de su *playback* y le conceden una mención especial.

## Marilú

Escort que se vuelve amiga de Julián. Es la líder del sindicato de escorts, una organización no registrada dedicada a luchar por los derechos de las trabajadoras sexuales de la ciudad. Es marxista, pero está un poco resignada a la vorágine capitalista, por lo cual busca sacar ventaja cobrando mucho a sus clientes y estableciendo tarifas para que los miembros del sindicato también cobren bien. Por supuesto, le interesa sobre todo la seguridad y bienestar de quienes ejercen el trabajo sexual dentro de su sindicato.

*Amapola*

**Papaver rhoeas**

**RESURRECCIÓN**

*M*anolo Caro (Guadalajara, Jalisco, 1984) es el creador, director y productor de *La casa de las flores*, la serie original de Netflix que ha roto todos los estereotipos del culebrón y seducido a audiencias de todo el mundo. Con su ácido retrato de una familia de clase alta de Las Lomas, los De la Mora, ha redefinido las normas del melodrama mexicano y se ha convertido en cantera de memes con expresiones tan variopintas como «Ol-vi-dé can-ce-lar el ma-ria-chi» o «sa-lú-da-me al Ca-cas».

Caro asegura que fue su trayectoria de cine y teatro en su país natal lo que propició el encuentro con Netflix. «El acercamiento fue muy orgánico, muy genuino y rápido. Yo estaba en el festival de cine de Los Cabos, uno de los más importantes de México, presentando mi cuarta película, *La vida inmoral de la pareja ideal*. Diego Ávalos, directivo de Netflix, se me acercó, me tocó el hombro y me dijo: "Tú eres Manolo Caro, ¿verdad? Yo trabajo en Netflix y te queremos invitar a que vengas a las oficinas para platicar sobre la posibilidad de que hicieras televisión, si a ti te interesa". A partir de esa invitación todo fue muy generoso. No hay una historia de obstáculos. Ha sido una relación muy fácil.» Tanto es así que Caro ha firmado un contrato de exclusividad con ellos, gracias al cual veremos una tercera temporada de *La casa de las flores* y varios proyectos más.

*La casa de las flores* se aleja bastante del tipo de producción habitual de Netflix. Su creador asegura que tuvo total libertad para desarrollar la serie que él tenía en mente. «Yo creo que las películas y el teatro eran mi aval. Sabían lo que iba a hacer. Obviamente hay muchas cosas que dialogar, muchas sesiones de trabajo y muchas pláticas, pero yo creo que ellos no esperaban otra cosa de mí y yo no esperaba otra cosa más que me dejaran trabajar en libertad, que fue lo primero que puse sobre la mesa.»

En todos los trabajos de Manolo Caro es posible apreciar una fuerte sensibilidad artística. Tiene una explicación. Este

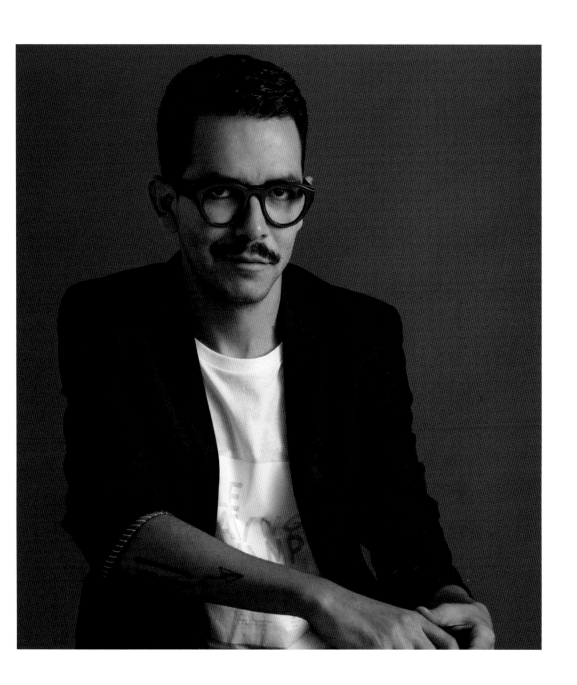

«No hay una familia
completamente funcional.»

117 ⌐

director, guionista y productor es arquitecto de formación. «A los catorce años fui a Francia a estudiar historia del arte. Una de mis grandes influencias ha sido el surrealismo. Dalí, Frida…» En *La casa de las flores* también se aprecian sus preferencias literarias (Carlos Olmos y Hugo Argüelles figuran entre sus dramaturgos favoritos) y cinematográficas. «Hay referencias visuales de directores de cine que admiro y respeto, como Jean-Pierre Jeunet, Wes Anderson o Pedro Almodóvar.»

Caro asegura que uno tiene que poner mucho de sí mismo en las cosas que hace. «Es la manera de ser más genuino.» Y en este retrato familiar hay mucho de él y de su propia familia. «Empezando por el hecho de que si yo no fuese director y escritor tendría una florería. Soy un obsesivo de las flores. También hay mucho de mi madre en Virginia, mucho de mis hermanos. En mi casa no hemos tenido una muerte que haya

destapado secretos, pero sí que hemos pasado por momentos difíciles. Algo que me ha quedado claro es que, cuando esto pasa, lo único que quieres es que la familia se mantenga unida; lo más importante es ese amor familiar. Esa es la premisa de la serie: pase lo que pase, nos vamos a mantener unidos.»

Los De la Mora no forman una familia cualquiera. Son la quintaesencia de la familia disfuncional, algo que está demostrando ser un poderoso atractivo en la ficción televisiva a la hora de captar la atención del espectador. «Yo creo que no hay una familia completamente funcional. Habrá algunas mejores que otras. Pero ahí está el éxito del proyecto. A nadie le gusta que le digan que su familia es disfuncional, así que cuando vemos a una peor, como los De la Mora, nos relajamos y decimos: «Bueno, en mi casa se han pasado malos momentos, pero no así».

Es indudable que *La casa de las flores* bebe de la telenovela. La apuesta por este género no es algo casual. Caro se crió viendo esos culebrones contra los que hay tanto prejuicio. «De niño vi mucha televisión y mucha telenovela. No me da vergüenza admitirlo. Mucha gente las devalúa diciendo que son horribles.» Su infancia y adolescencia le pillaron durante el apogeo de aquellas producciones. «En muchos de los culebrones que se emitieron en los ochenta y noventa se hicieron cosas muy interesantes.» Su lista de referencias es larga: *Los ricos también lloran* (un exitazo en España, protagonizado por Verónica Castro, convertida en matriarca de *La casa de las flores*), *Cuna de lobos*, *Cadenas de amargura*, *El extraño retorno de Diana Salazar*, *Imperio de cristal*... Manolo Caro cree que el desprecio hacia la telenovela fue la consecuencia de que se viese estancada. «Empezó a ser muy repetitiva, muy anclada en las historias de antes. Los elementos del melodrama que nos enganchaban lo hacían porque estaban ligados a una realidad.» En *La casa de las flores* esa conexión con la actualidad también existe. «Ves a dos hombres teniendo una relación, a un personaje transexual que no es el típico marginado, adicto

AL HABLA CON... **MANOLO CARO**

a la droga, sino una abogada supercompetente e inteligente... Lo que pasó con el melodrama a principios de siglo, en mi opinión, fue justamente que se quedaron hablando de los mismos temas que en la década de 1980.»

*La casa de las flores* ha tomado todas las convenciones del melodrama y lo ha reinventado (o reventado, según se mire) para dar respuesta a una pregunta muy simple: ¿qué hubiera pasado con las telenovelas si no hubieran sufrido el yugo de la censura de las cadenas de televisión?. «Así nació. Quería que fuera un melodrama de la A a la Z, con temas actuales, con un desenfado absoluto, con una libertad de decir, criticar, burlarse... y también de entrar en el melodrama puro, con diálogos muy claros.» Tras el estreno de la primera temporada, varios países empezaron a calificarlo como «culebrón posmoderno». Argentina, Colombia, España... Incluso en su México natal. «Me hizo muchísima gracia porque lo veían como una crítica y me sorprendió porque para mí no lo era. Era lo que intentamos hacer.» Asegura que jamás imaginó que la serie fuese a gustar tanto. Le sirvió para darse cuenta de una cosa. «La gente tenía ganas de ver esto. Sobre todo en Latinoamérica, el público tenía ganas de sentirse cerca de una cultura que nos dio tanto, que fue la televisión de los ochenta. El melodrama para nosotros era nuestra escuela del día a día porque no había otra cosa. Realmente nos educaron viendo esas historias.»

A Caro el éxito le pilló por sorpresa. De hecho, llegó a dudar sobre su continuidad. Durante el rodaje empezó a experimentar con muchas cosas, como las escenas cantadas, al estilo de los musicales. «No estaban en el guion. Y empezó a haber mucha incertidumbre sobre si lo que yo estaba haciendo iba a tener coherencia o si iba a pegar en la estructura.» Preparó al equipo para el hecho de que la serie resultase un fracaso. «Cuando vi la primera temporada terminada hablé con el elenco. Les cité y les dije que nadie nos iba a ver, que la serie había quedado muy de nicho, que a mí me divertía mucho pero que yo sabía que mis gustos no eran los más populares. Es más: el día del estreno todavía les recordé que la

«Evidentemente, con Paulina de la Mora me llevaría muy bien porque tiene todo mi tipo de humor. Yo soy una persona muy irónica. Me gusta el humor negro y ser crítico.»

AL HABLA CON... **MANOLO CARO**

serie la iba a maltratar muchísimo el público pero que tenían que estar orgullosos de lo que habían hecho porque era una telenovela posmoderna, como ahora se le llama.»

La primera temporada se estrenó en agosto de 2018 y se convirtió en un auténtico *sleeper* de verano. El éxito a nivel mundial fue rotundo, y demostró además una increíble capacidad para conectar con públicos muy diversos. Manolo Caro se enteró muy rápido. «A las diez horas del estreno sabía que era un *hit* mundial porque me llegó un *email*. Estaba a punto de hacer una entrevista en un programa de espectáculos muy importante en México. Di esa entrevista pensando en que iba a renovar. Al día siguiente, el sábado, ya les estaba diciendo a los actores que era muy seguro que fuesen a renovar y que quién iba a seguir adelante, porque todos tenían contrato solamente para una temporada.»

La doble moral es la gran piedra angular de la serie. De hecho, ese iba a ser el título original de la serie. «Siempre he intentado retratarla porque me parece curioso que en nuestra intimidad aceptemos muchísimas cosas, siempre y cuando nuestra sociedad no se entere de que tenemos esa permisividad. En México se ve mucho esta doble moral, no solo relacionada con una infidelidad, sino también con todo lo que tiene que ver con el prestigio, el estatus. El qué dirán.» *La casa de las flores* está repleta de escenas que reflexionan sobre eso. Por ejemplo, cuando Virginia va a ver a Salomón Cohen tras descubrir que su hijo quiere salir del armario. Ella está obsesionada por el qué dirán de él, pero también tiene mucho miedo a que su hijo sufra. «Esa escena me encanta. Verónica hizo un gran trabajo en ella. Es la primera vez que haces *clic* con el personaje de Virginia. Te das cuenta de que es una mujer que ama mucho a sus hijos, que no es una villana.»

Sin duda contar con Verónica Castro fue un gran golpe de efecto. La célebre artista llevaba diez años sin trabajar. Manolo Caro fue a su encuentro con un proyecto bajo el brazo que satirizaba el género que la había encumbrado. «Verónica es muy inteligente, conoce muy bien a su público.» Y no fue

AL HABLA CON... **MANOLO CARO**

«Quería que fuera un melodrama de la A a la Z, con temas actuales, con un desenfado absoluto, con una libertad de decir, criticar, burlarse... y también de entrar en el melodrama puro, con diálogos muy claros.»

fácil convencerla. «Híjole, ha sido de los procesos más fuertes de la serie. Creo que tenía muchas ganas de seguir en el lugar que siempre había estado dentro de su cabeza.» El proceso fue largo. Castro es toda una institución en México, pionera en muchísimas cosas. Tal vez por eso tuvo tantas dudas. Caro bromeaba con ella al respecto. «Le decía: "Si yo fuese tú estaría en Acapulco, tomándome michelada en mi alberca y listos".» Al final la convenció diciéndole que precisamente ella, como icono del melodrama, era la persona perfecta para ser la batuta y estandarte de esta reinvención. «Le dije: "Has hecho todo, has hecho teatro, has hecho cine, has hecho televisión, has viajado, has traspasado fronteras, has hecho un *reality*…, ven a Netflix, ven a trabajar en una serie".»

Tras haber aceptado le hicieron llegar el guion. En cuanto lo leyó y vio que su personaje salía fumando marihuana llamó a Manolo Caro para regañarle . «Me dijo que cómo se me ocurría que ella fuera a salir fumando maría en su regreso a la televisión.» Todo esto fue por teléfono, en una conversación larguísima. A Manolo le costó varias horas convencerla. «Le dije que eso era justo lo que la gente no esperaba de ella, que pensase en las nuevas generaciones, que iba a ser chocante y divertido. Y que, sobre todo, se iba a explicar bien. No estaba en mi cabeza una narcoserie ni una oda al menudeo. Íbamos a explicar que a Virginia de la Mora le gustaba tanto la marihuana que la cultiva en su casa. Y bueno, al final dijo que sí.» Decirle adiós en la segunda temporada no fue fácil. «Claro que se puso sobre la mesa la posibilidad de hacer más temporadas y de mantener vivo el personaje de Virginia. Pero, al final, hay que mantener la cabeza fría, desconectar de los sentimientos, olvidarse de los halagos y saber por qué uno cuenta ciertas historias. Y creo que Verónica era la que más claro lo tenía. Me dolió más a mí decirle adiós al personaje que a ella.» No obstante, la sombra de Virginia es muy alargada. Le decimos adiós en cuerpo, pero sigue estando muy presente. «Y lo seguirá estando hasta el último capítulo. Al fin y al cabo, esto es un matriarcado y ella es la mamá.»

Otro de los personajes cuyo éxito desbordó todas las expectativas fue el de Paulina de la Mora, la surrealista y entañable primogénita. Lo interpreta Cecilia Suárez, la primera en estar en el elenco. Su relación con Manolo Caro viene de muchos años atrás. «Para mí es como una hermana, una de las personas más importantes de mi vida. Escribí el personaje pensando en ella.» Detrás del famoso tono pausado de niña pija hay más historia de la que podría parecer. Caro comenzó a escribir el personaje sin caer en la cuenta de que Paulina, además de ser muy inteligente, capaz e irónica, es una gran hija de puta. Sobre el papel, ella funcionaba, pero tan pronto como Cecilia y él lo empezaron a trabajar se dieron cuenta de que la gente no iba a querer al personaje porque era demasiado fuerte. «Ya estábamos grabando. Fue el tercer día de rodaje, un jueves. Hicimos una escena y dijimos: "Esto no va a funcionar". Paulina caía mal.» Entonces recordaron a unas amigas comunes que en la vida real hablan y tienen el tono de Paulina. «Nos dimos cuenta de que siempre que nos habían dado malas noticias o nos habían dicho cosas fuertes, por su simple tono de voz no nos habían sabido tan mal. Rayaba un poco en lo surrealista.» Pero decidieron probarlo poco después. «Fue en una escena en la que Elena y Paulina se pelean. Ahí empezamos a probar el acento.» Les gustó tanto que decidieron volver a grabar las primeras escenas.

*La casa de las flores* es una serie de personajes, en la que sorprende la diversidad generacional del elenco, todos y cada uno de ellos con un gran peso específico en la historia. Nadie está por estar. «Para mí fue un reto a nivel personal. Venía de haber tenido éxito contando historias de una generación que se encuentra un poco rezagada en el mundo del entretenimiento, que es la está entre los treinta y muchos y los cuarenta y pocos. Porque las historias siempre son o juveniles o adultas. Así que cuando me habló Netflix sabía que ellos querían una serie en esas edades, como una especie de *Friends*.» Manolo Caro confiesa que a él eso no le apetecía. Ese tipo de producto ya lo sabía hacer y lo hacía bien. Él buscaba un cambio y, a la vez, un

«En México se ve mucho esta doble moral, no solo relacionada con una infidelidad, sino también con todo lo que tiene que ver con el prestigio, el estatus. El qué dirán.»

desafío. «Ese fue el primer motor: hacer una historia multige-neracional y contar la crónica de una familia», tan diversa como la suya propia, que él mismo describe como «muy compleja, muy enmarañada, muy divertida y amorosa también». De ahí que la composición de actores y actrices tuviese como resulta-do a grandes y pequeños. «Creo que eso hace que la gente se divierta y tenga más posibilidades de conectar con la trama. Si no conectas con Paulina tal vez lo hagas con Julián, que es más joven, o ves en tu hija a Micaela. También resultaba una buena estrategia para ampliar el abanico de público.»

Escribir una historia coral no es tarea fácil. «Éramos cuatro guionistas en el cuarto de escritores, conmigo al frente como *head writer*. Y cada uno teníamos asignado un episodio.» La primera decisión que tomaron fue la de cambiar el punto de vista en cada capítulo. «Creo que eso también la volvió más interesante. En el primer episodio el punto de vista es de Pau-lina, en el segundo, de Julián, en el tercero, de Virginia... Le dábamos el peso a uno de los familiares por episodio. Eso ayudaba a que el abanico fuese mucho más democrático y a que no se nos cayera la línea argumental de los otros personajes y que fueran, en la medida de lo posible, igual de interesantes.» Con la segunda temporada, la paleta de colores fue todavía más diversa. Los personajes introdujeron nuevos temas que interesaban especialmente a su creador, como las sectas, un asunto que en los últimos años ha estado de plena actualidad en México y que vemos retratado en el personaje de Jenny Quetzal. O como la Iglesia Católica y la historia del sacerdocio tal y como nos la han contado, que aparece poderosamente criticada a través del personaje de Simón.

En la primera temporada el suceso que da pie a la trama es el suicidio de una mujer dentro de la florería mientras los De la Mora celebran una fiesta. Y, en la segunda, sabemos de la muerte de Virginia. En ambos casos, el detonante para la acción es un cadáver. «Es curioso porque en la primera versión de la serie, cuando todavía se llamaba *La doble moral*, el personaje de Roberta no moría. Cuando salía a la luz el fraude de Ernesto, las dos familias se iban a vivir juntas a la misma casa, la casa grande, por intereses fiscales.» Manolo Caro dice que el cambio lo impulsó una clara vocación feminista, algo que siempre ha defendido y peleado en sus proyectos con personajes femeninos con fuerza y con algo que decir. «Fue cuando pasó todo el #Metoo y decidimos que, aunque era verosímil, resultaba demasiado doloroso que la protagonista de la serie aceptara vivir con la amante bajo el mismo techo. Por eso decidí matarla. Vivir con la hija es igual de duro, sí, pero ahí la vuelta de tuerca es que ella (Micaela) es un encanto.»

Una de las cosas más aplaudidas de la serie es el uso del humor negro y el tono de comedia ácida a la hora de abordar temas de gran trascendencia social. *La casa de las flores* transmite un mensaje inequívocamente inclusivo hacia el colectivo LGTBQ+, uno de los que más ha apoyado la serie. «Ha sido fuerte, increíble y muy generoso. Nos hemos divertido muchísimo, hemos aprendido y nos hemos dado cuenta de lo receptiva que puede llegar a ser el público de este género. Se puede normalizar un discurso y decir cosas profundas e intensas, pero con risa y pasándolo bien. Yo, al fin y al cabo, me dedico a hacer entretenimiento, pero, si en mi andadura puedo ofrecer puntos importantes o informar, mejor que mejor. Hoy en día hay que comprometerse y alzar la voz por las cosas que le importan a uno.» Este fue otro de los aspectos para los que Manolo Caro asegura no haber estado preparado. «A partir de *La casa de las flores* he recibido infinidad de cartas, *emails* y mensajes de personas que me han dicho que vieron el programa con su mamá y que, al igual que en la serie, invitaron a cenar a su familia y salieron del armario. Eso me llena de orgullo y me emociona hasta las lágrimas.» Insiste, sin embargo, en que tampoco era el objetivo que planeara y persiguiera a la hora de crear la historia.

Aunque, en general, la acogida fue muy positiva, también vivieron momentos difíciles. La polémica más mediática fue la que desencadenó el fichaje de Paco León como María José, ex de Paulina, que en la serie se presenta como una mujer trans. «Nos resultó doloroso. Tanto Paco como yo somos dos personas en pro de la comunidad, de los derechos, de la igualdad, de la tolerancia…. Yo como director lo llamé por ser un actor maravilloso y él lo aceptó por las ganas de entrar en este proyecto juntos. Ninguno de los dos lo vimos venir.» Después de varias entrevistas y conferencias en las que ambos estaban presentes para dar respuesta a las críticas y, muy especialmente, tras el estreno de la serie, la decisión se comprendió. No solo por el hecho de que, al ser un personaje en transición, tenía sentido que lo interpretase un actor cisgénero. «También se dieron cuenta de que estábamos dignificando mucho a un personaje transexual. María José es una mujer poderosa, una abogada penalista increíble, un personaje fuera de los tópicos de otras series.» Al final, la polémica les ayudó a entender en qué se habían equivocado y a aprender cómo hacerlo mejor. «El colectivo nos ha ayudado muchísimo. Nos hemos entrevistado con psicólogos especialistas en transexualidad. Hemos estado muy de la mano, platicando con ellos para que, con el filtro de la comedia y de algo tan irreverente, se entienda bien en qué procesos puede

estar una persona transexual, los prejuicios a los que se enfrentan los homosexuales, etc.».  La forma en la que han trascendido dentro del colectivo frases como: «He cambiado de sexo, no de corazón» o «Esto no es un disfraz» es su mayor recompensa.

Todo creador siente a sus personajes como de la familia, pero ¿de todos los personajes de *La casa de las flores* quién sería el mejor amigo de Manolo Caro? «Evidentemente con Paulina de la Mora me llevaría muy bien porque tiene todo mi tipo de humor. Yo soy una persona muy irónica. Me gusta el humor negro y ser crítico. También le tengo mucho cariño al personaje de Delia, la nana. Es un gran testigo de lo que va sucediendo.»

AL HABLA CON... **MANOLO CARO**

*Magnolia*

**Magnolia grandiflora**

DIGNIDAD

# ANATOMÍA
## DEL
# CULEBRÓN

**culebrón**

Del aum. de *culebra*.

1. m. Telenovela sumamente larga y de acentuado carácter melodramático.
2. m. despect. Historia real con caracteres de **culebrón** televisivo, es decir, insólita, lacrimógena y sumamente larga.
3. m. coloq. Hombre muy astuto y solapado.
4. m. coloq. herpes zóster.

Diccionario de la RAE

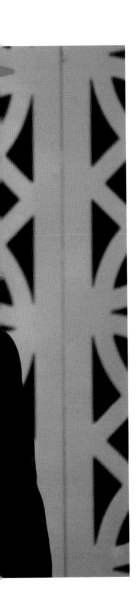

$\mathcal{E}$l melodrama, también conocido de modo peyorativo como *culebrón*, es un formato televisivo con varias décadas de historia a sus espaldas, producido originalmente en América Latina. México, Venezuela y Colombia fueron los países más prolíficos en el género. Heredero de los folletines literarios de finales del siglo XIX y de los seriales radiofónicos, vivió su máximo esplendor durante la década de los ochenta y principios de los noventa, período al que siguió una paulatina pérdida de interés por parte del espectador, seducido por otro tipo de programas.

La popularidad del culebrón se basa, en gran medida, en amplificar el dramatismo usando varios elementos clave:

* Sentimientos universales llevados al extremo, tan básicos como efectivos (el amor, el odio, la envidia, la ira, el resentimiento…).
* Una separación clara entre personajes (divididos en buenos –víctimas injustamente tratadas por las circunstancias– y malos –los villanos dispuestos a truncar la felicidad de el/la protagonista–).
* Una historia de amor que sobrevive a los engaños, intrigas y malentendidos para triunfar, por todo lo alto, en el capítulo final.

Un argumento recurrente de la telenovela es la diferencia de clases, y la lucha por ascender en el escalafón. Es frecuente que se recurra al matrimonio para lograrlo. También se ve a mujeres abandonadas a su suerte, que consiguen triunfar no sin muchos esfuerzos, sacrificios y dedicación, y personas que padecen las funestas consecuencias de conductas poco morales o indecorosas. Y, como colofón, los amores imposibles, que sumen, tanto a los enamorados en pantalla como a los espectadores en sus casas, en un profundo sufrimiento al no poder estar juntos.

**ANATOMÍA**DEL**CULEBRÓN**

En una telenovela tampoco faltan las haciendas, fincas o casas lujosas. Y las sorpresas. Pueden ser hijos o hijas abandonados, otros que finalmente no lo son, fortunas que aparecen o se esfuman y, muy especialmente, secretos del pasado que, cuando se descubren, cambian el rumbo de las cosas.

Si a ti, querido lector o lectora que ahora tienes este libro en tus manos, todo este lenguaje te suena, enhorabuena. Es exactamente lo que Manolo Caro, creador de la serie, pretendía: crear un culebrón posmoderno, una telenovela con temas de hoy, no del siglo pasado. *La casa de las flores* incluye gran parte de las convenciones que contribuyeron a popularizar el género, pero evolucionando en el tratamiento de las tramas que lo convirtieron en un formato televisivo adictivo.

«*Puta, cuando Diego
se acerca a mi celular
me da un paro cardíaco.*»

**Julián**

**ANATOMÍA**DEL**CULEBRÓN**

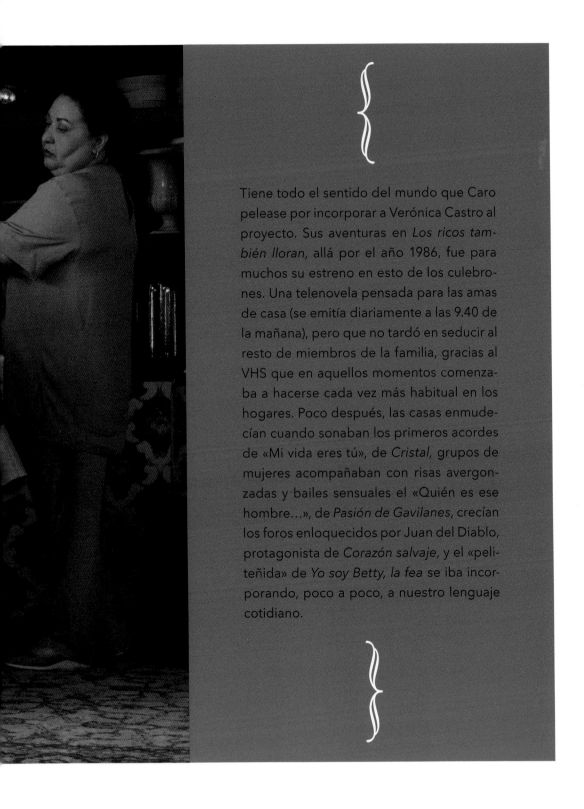

Tiene todo el sentido del mundo que Caro pelease por incorporar a Verónica Castro al proyecto. Sus aventuras en *Los ricos también lloran*, allá por el año 1986, fue para muchos su estreno en esto de los culebrones. Una telenovela pensada para las amas de casa (se emitía diariamente a las 9.40 de la mañana), pero que no tardó en seducir al resto de miembros de la familia, gracias al VHS que en aquellos momentos comenzaba a hacerse cada vez más habitual en los hogares. Poco después, las casas enmudecían cuando sonaban los primeros acordes de «Mi vida eres tú», de *Cristal*, grupos de mujeres acompañaban con risas avergonzadas y bailes sensuales el «Quién es ese hombre...», de *Pasión de Gavilanes*, crecían los foros enloquecidos por Juan del Diablo, protagonista de *Corazón salvaje*, y el «pelitiñida» de *Yo soy Betty, la fea* se iba incorporando, poco a poco, a nuestro lenguaje cotidiano.

«*Lo peor que puedes conocer en tu vida es a una mujer despechada.*»

**Virginia**

La gran virtud de *La casa de las flores* es que no se somete a los arquetipos. Existe un delicado equilibrio entre los elementos clásicos del melodrama y la introducción de temas que le proporcionan un aire más desenfadado.

La infidelidad, por ejemplo, está omnipresente, pero es tratada de manera muy diversa. Ernesto representa la infidelidad clásica: tenía una segunda familia con Roberta, que convierte a Virginia en la mujer ultrajada, sedienta de venganza. También Carmela, la vecina cotilla de los De la Mora, que sucumbe a los encantos de Poncho, un *affair* que acaba teniendo funestas consecuencias. Su marido hiere gravemente a su amante cuando los descubre en la cama in fraganti. Y, por último, tenemos el caso de Elena, cuyo idilio con Claudio es una excusa para descubrirnos mejor la psicología del personaje: una mujer que no sabe realmente lo que quiere y que va adoptando la personalidad que más pueda seducir a su pareja del momento porque desconoce cuál es la suya propia. Julián también es infiel. Lleva varios años viendo a Diego a escondidas. Pero la suya es una infidelidad *forzada* por las circunstancias. No pueden vivir la relación abiertamente porque la homosexualidad no sería aceptada por los suyos. Lucía es la novia que queda bien en las fotos, la *aprobada* por la familia. Y ella está dispuesta a mantener las apariencias (aun a sabiendas de que su pareja es gay) siempre y cuando se casen y ella goce de los privilegios de ser una De la Mora. Lucía se convierte es un claro referente de las ansias de ascender en la escala social: primero busca el matrimonio y, cuando eso no le funciona, recurre a una falsa paternidad para conseguir el dinero de Julián.

En la pareja Diego-Julián (el *team* Dielán, o Juliego..., ya saben, como Brangelina) también existe una interesante exploración de temas muy relacionados con la lealtad hacia la pareja, como la infidelidad compartida y consensuada, y las consecuencias que puede traer el hecho de incorporar un tercero a la relación.

La relación entre dos hombres no es la única propuesta de amor imposible que introduce la serie. Paulina se tiene que

enfrentar con unos sentimientos enterrados tras su divorcio. El regreso de María José (José María cuando se casó con él) hace que ella se enfrente a un conflicto entre lo que siente por esa nueva versión de su excónyuge, ahora mujer, y lo que la sociedad opina de una relación que, sencillamente, no entra dentro de sus esquemas profundamente machistas.

Los hijos ilegítimos también son una constante en la serie. Los vínculos de la sangre demuestran tener una fuerza poderosísima entre todos los que acaban compartiendo alguna relación de consanguinidad. Paulina descubre que, en realidad, no es hija de Ernesto, sino el fruto de la apasionada y fugaz relación de su madre con Salomón Cohen, psicólogo infantil, poco antes de conocer al que sería su esposo. Pero lejos de romper la relación con el que ella ha considerado siempre su progenitor, la estrecha. Y también muestra un creciente interés por saber un poco más de su padre biológico, con el que acaba teniendo una relación muy cordial. Ese «poder de la sangre» es lo que lleva a Roberta a pedir a Virginia que se haga cargo de Micaela, la hija que tuvo con Ernesto. Y Virginia accede. Aceptar a la hija de su esposo es lo mínimo que puede hacer después de que él reconociese y criase a Paulina como hija suya. Micaela no tarda en hacerse un hueco en la casa grande. Son medio hermanos y la arropan rápidamente sin ni siquiera cuestionárselo. El engaño y la infidelidad de Ernesto es una cosa. Pero Micaela forma parte de la familia y eso es inamovible.

*La casa de las flores* es una oda a los secretos que uno ha pasado media vida intentando enterrar y que acaban saliendo a la superficie. También es un homenaje a mujeres fuertes y poderosas, que aguantan los envites de la vida, que hacen lo que es necesario para proteger a los suyos, que pelean por conservar su dignidad y que, por el camino, comprenden lo poco que importa la opinión de los demás. Todo con un humor ácido y una ironía que incluso en los momentos más dramáticos consigue arrancarnos una sonrisa.

*Tulipán*

**Tulipa**

ESPERANZA

# ARTE
## Y
# SURREALISMO

*R*oberta Lobeira Alanis (Monterrey) es la pintora cuyas obras decoran la casa grande en *La casa de las flores*. Las mismas que cobran vida en los créditos de la serie, abriendo la puerta a una peculiar visión del mundo en la que lo real y lo irreal van de la mano.

Roberta hizo sus primeros pinitos a una edad muy temprana. «Mis papás me metieron en clases de pintura a los cinco años. Y ya no lo dejé. Ellos siempre me han apoyado al cien por cien. Mi mamá hacía enmarcar todos mis cuadros, sin importar lo horribles que fueran, y los colgaban en el salón.» Vendió su primer cuadro a los once años. Por aquel entonces pintaba lo que le pedían: un retrato, un bodegón... «No contaba con un estilo definido, pero sí que empecé a abandonar las caricaturas, a las que dediqué muchísimo tiempo antes de la adolescencia. Creía que acabaría trabajando para una empresa de animación tipo Disney.» Cursó la carrera de Artes en la Universidad de Monterrey. Vivió en Nueva York (donde siguió estudios en la New York Academy of Art & School of Visual Arts), París (en donde colaboró con el pintor Oli Nicole), Oaxaca (con el pintor Marco Antonio Bustamante) y Ciudad de México, por largas temporadas, explorando y aprendiendo más sobre su técnica para después establecerse en San Diego, California. Siente que en Nueva York fue donde más aprendió. «Los cursos eran sobre temas mucho más específicos, como pintar tonalidades de piel, o cómo se vería bajo un vidrio o en el agua, algo de lo que yo no tenía ni idea.» Con el tiempo se fue haciendo su cartera de clientes. «Todo ha fluido. He vendido bastante gracias a las redes sociales. Te permiten llegar a muchos sitios del mundo.» La puerta grande se la abrió *La casa de las flores*. Al igual que el propio creador, no se imaginaba que la serie fuese a tener semejante repercusión. «Llegar tan rápido y *fácil* a todos lados está cañón.»

Manolo Caro es su compadre desde hace más de diez años. Ya habían colaborado con anterioridad. Para su primera película, Roberta le había prestado un par de cuadros. El contacto para el proyecto de *La casa de las flores* se produjo

«En el momento de idear el cuadro sí que tuve muy en cuenta cómo se vería mejor a la hora de adaptarlo en la intro.»

Roberta Lobeira

ARTEᵧSURREALISMO

dos meses antes de empezar a rodar. Al principio le dijeron
que lo que querían era usar una de sus obras ya acabadas.
Pero, tras hablar con la gente de Netflix, hubo un cambio de
planes. «Me dijeron que habían llegado a la conclusión de que
sería mucho más padre que pintase el retrato de toda la familia.» Dice que el encargo la emocionó, pero también le preocupó el poco tiempo de que disponía. «Normalmente tardo
cuatro-cinco semanas por cuadro. Con este tenía un mes y ni
siquiera se había empezado el diseño.» Manolo le envió una

sinopsis para que conociese un poco más a los personajes y sus personalidades. A partir de ahí empezaron a intercambiar ideas. Este ha sido, en su opinión, el verdadero desafío de trabajar en este proyecto. «Normalmente no dejo que nadie me dé instrucciones sobre la obra en la que trabajo. Hago lo que quiero y siento en cada momento porque, si me sugieren algo, eso acaba inundando toda la obra. Por eso prefiero que nadie se meta. Pero en este caso, obviamente, era necesario.»

Roberta elaboró algunos diseños, sobre los cuales fueron trabajando. Manolo le daba orientaciones. «El me decía: "Esto cámbialo, esto no me gusta, están muy separados, está demasiado alegre o serio, los colores…".» Una vez consensuaron el diseño definitivo, todo fue muy rápido.

Una de las cosas que más llaman la atención es el cambio de registro que se ha producido entre el cuadro de la primera y el de la segunda temporada. En la segunda temporada le apetecía probar algo totalmente diferente. «Quería huir hasta de la paleta de colores del primero.» Pero Manolo prefería algo de continuidad, sobre todo por guardar cohesión en los créditos. En el resto de aspectos, asegura, le dieron total libertad para componer el retrato de la forma que le resultase más apropiada. Al final intentó hacer lo mismo que en el primero: sacar la personalidad de cada personaje con detalles que acentuaran su surrealismo.

«En el momento de idear el cuadro sí que tuve muy en cuenta cómo se vería mejor a la hora de adaptarlo en la intro. Una cosa por la que batallé es porque estuviesen representados los niños. Mi propuesta era darles un tratamiento diferente, no de personajes principales. Estaban a tamaño mini, dentro de un carrusel en una mesa, al lado de Ernesto. La niña era de la altura de mi dedo chico. Jamás había pintado una cara de proporciones tan reducidas.» Finalmente la idea se descartó.

Lobeira asegura que pinta sus obras para que la gente profundice en ellas. «Quiero que atrapen al espectador, que dediquen tiempo a apreciar sus detalles y que sean capaces de descubrir cosas nuevas cada vez que están ante ellas.»

La vida después de ti

Roberta no descubre el hilo negro pero lo cambia de color con su paleta. Lo teje de maneras inimaginables que transforman los trazos sobre sus lienzos en naturalezas vivaces llenas de luz, color y energía. Nos recuerda al realismo mágico, sacándonos suspiros por su colorido, dinamismo y belleza. Su obra es un tributo a la magia de la vida, al mundo ideal lleno de naturaleza viva y elementos fantásticos e incongruentes que saca de su contexto para traerlos al mundo real, utilizando colores vivos y brillantes que hacen resaltar las diferencias entre sí. Intenta plasmar magia, libertad, sueños, patrones y fenómenos del subconsciente, creando una atmósfera mágica, de sueños y cotidianidad, quebrantando las fronteras entre lo real y lo irreal, ubicando cada uno de estos en lugar del otro.

Lo real se volverá fantástico, maravilloso, ideal. El encuentro de un sueño con la realidad, en una especie de realidad absoluta, llena de simbolismo, que hace que el espectador quiera agarrar y sentir los colores y las formas. Utilizando elementos del tiempo actual introduce algunos de otras épocas para traerlos a lo contemporáneo. Ahora lo antiguo es lo moderno, lo *vintage*, que transmite a su vez vanguardia, autenticidad y atrevimiento.

Crea un mundo fabuloso donde el color y la naturaleza viva son los protagonistas.

**robertalobeira.com**
Instagram: **@robylobeiraart**

Bromelia

**Bromelia**

**RESILIENCIA**

REBUSCANDO
EN EL
ARMARIO

«Paulina es una mujer muy práctica y no le van las cosas que la hagan sentirse incómoda o tropezarse con unos tacones imposibles.»

Natalia Seligson

Otro de los elementos que destaca poderosamente en una serie tan visual como *La casa de las flores* es la ropa de sus personajes. El mérito, según explica su creador, es de Natalia Seligson, su diseñadora de vestuario, la misma con la que ha hecho todas sus películas. Para ella, una profesional con muchos años de experiencia en cine y televisión, «trabajar con Manolo siempre ha sido un placer. Es una persona generosa, cálida y muy creativa. Siempre se rodea de gente muy talentosa. Todo fluye cuando hay tan buena actitud. Conocerse tan bien, además, ayuda mucho en un trabajo de equipo, con unos tiempos tan frenéticos».

La misión del diseñador de vestuario es contribuir a llevar al terreno de lo tangible la visión del creador, en compañía de otras piezas clave como dirección, guion, dirección de producción, diseño de arte y fotografía. Se trata de crear una línea visual para la ropa acorde con el resto de elementos que construyen la serie. «Tenemos reuniones en las que se abordan estas cuestiones a un nivel más conceptual y después se empieza a aterrizar con imágenes, bocetos, fotos que ya existen, estilos específicos. Yo, en lo personal, hago *moodboards*, que son una especie de *collages* de imágenes que pueden salir de muchos sitios (Internet, revistas, libros…). Con eso se va haciendo una hoja por personaje. Cada uno tendrá las imágenes que logren transmitir al director mis ideas en cuestión de colores, siluetas, texturas… Así, puedo proponer que un personaje tenga unos colores más invernales frente a otro, que los tendrá más cálidos, en función de lo que se quiera transmitir. Una vez que se llega a un acuerdo en torno a esa visión del vestuario, las ideas comienzan a tomar forma. Ahí es donde se empiezan a hacer compras, a confeccionar prendas. También se comienzan a hacer pruebas de vestuario con los actores.»

Es un proceso largo. Sobre todo en una serie. Cada actor tiene muchos cambios de vestuario. «Tampoco es que se pueda diseñar cada uno al detalle. En una serie lo que hago es armar una especie de armario por personaje: sus pantalones,

**REBUSCANDO** EN EL **ARMARIO**

sus *tops,* sus jerséis, sus zapatos…» A partir de ahí se hacen combinaciones, tal como hace una persona en la vida real. Es una medida para simplificar el trabajo en proyectos que implican movilizar muchísimas prendas. «Es muy padre ver toda esa ropa colgada, ver cómo los colores y texturas que previamente habías trabajado en los *moodboards* de inicio, cobran vida», asegura Seligson. Los actores también tienen mucho que ver en este proceso. Aportan mucho. «Empiezan a sentir el personaje y dan ideas sobre lo que creen que les funciona en lo estético.»

Construir un personaje a través de la ropa no es tarea fácil. El vestuario de Virginia, por ejemplo, es tremendamente emocional en cuanto a la paleta de colores. De los tonos pastel alegres, que la hacen brillar en sus momentos de mayor felicidad y plenitud, transita a prendas más oscuras, sobrias y «pesadas» cuando está en un momento emocional más delicado.

«Los colores tienen una gran capacidad para transmitir cosas al espectador de manera muy sutil y a la vez muy visceral.»

En el caso de Paulina, Manolo Caro planteó una premisa. «Tenía que ser una mujer muy práctica. Sentirse muy cómoda, pero, a la vez, ser muy elegante. Es muy monocromática. También esto Cecilia lo lleva muy bien, lo que ayuda mucho.»

Su silueta se trabajó con una línea muy clara, nada recargada, sobria, limpia y discreta. Paulina lleva la ropa y no a la inversa. Vemos a una mujer sencilla que viste con sofisticación. Sorprende, además, que nunca lleve zapato de tacón. «Eso me lo han preguntado muchísimo», dice Seligson. El zapato plano fue casi una consecuencia natural. «Paulina es una mujer muy práctica. Tiene que hacer mucho en la vida y no le van las cosas que la hagan sentirse incómoda o tropezarse con unos tacones imposibles.» La ausencia de tacones funcionó como parte de esa personalidad. Al igual que el hecho de que nunca lleve falda. Cierta ambigüedad de género también

**REBUSCANDO**EN EL**ARMARIO**

«El vestuario es indicativo de una determinada clase económica en México, ya que, al fin y al cabo, es la historia que la serie pretende contar.»

Natalia Seligson

formaba parte esencial del personaje, algo que tiene también su contrapunto en María José, su pareja.

El estilo de Paulina ha sido objeto de varios reportajes en revistas de moda. También se ha imitado mucho. Y aunque no existe una única firma en la que comprarse ropa para poder copiar su *look*, Seligson da algunas pistas. «A la hora de hacer compras y confecciones buscamos en todos lados, a todos los niveles económicos, desde H&M hasta prendas de diseñador. Hay de todo un poco.» Dato curioso: «No sé muy bien cómo resultó así, pero muchos de sus pantalones son de Mango. Su silueta le funcionaba muy bien. También hay mucho Adolfo Domínguez, pero, en general, es muy variado.»

¿Es el tipo de estilo que se podría encontrar en un barrio como Las Lomas? «No sé si específicamente en ese barrio, pero sí que es indicativo de una determinada clase económica en Mexico, ya que, al fin y al cabo, es la historia que la serie pretende contar.» Cada personaje tiene su idiosincrasia y su arco narrativo, y eso acaba informando al personaje. Por ejemplo, Elena lleva tiempo fuera viviendo en Nueva York, y eso ha influenciado su manera de vestir.

Terminamos preguntándole a Natalia Seligson qué personaje supuso el mayor reto. En la primera temporada fue Virginia. Además de ser un personaje complejo de por sí, está interpretado por una mujer como Verónica Castro, artista de trayectoria extensa, que sabe lo que quiere, también en lo que a vestuario se refiere. En lo personal dice que le costó llegar al lugar que acordaron, pero asegura que quedó muy bien.

Peonía

**Paeonia**

VERGÜENZA

«¡Mi vida! Nos quedó bien claro tu mensaje.
Quieres ser cantante.»

**Virginia**

*C*on *La casa de las flores* Manolo Caro ha llevado a cabo muchas tareas que otros muchos creadores prefieren delegar. La selección musical es una de ellas. En realidad, tiene mucha lógica cuando se comprende hasta qué punto forma parte del proceso mismo de creación. Caro admite que muchas veces, cuando estaba escribiendo una escena, escuchaba en su cabeza determinadas canciones. Esas eran las que, bajo su criterio, conseguían hacer resonar la historia que estaba contando de manera más poderosa. Con esas canciones deseadas sobre la mesa, su supervisora musical, con la que ha colaborado en muchos de sus proyectos, se encargó de contratar las licencias y los derechos de uso correspondientes. Los capítulos suenan tal y como los imaginó su creador en la cabeza.

«Tengo un gran equipo de trabajo», asegura Caro. Conmigo trabaja Lynn Fainchtein en la supervisión musical, que para esto es el rey Midas en México. Ha trabajado con gente de la talla de Alejandro González Iñárritu o Alfonso Cuarón. Nos divertimos mucho porque siempre hablamos de la serie como un homenaje a un mundo que se ha ido apagando con los años, que es el de las grandes intérpretes, las grandes divas, los grandes melodramas, las canciones de letras que se interpretaban con una garra y un sentimiento muy especial…, por eso llega el cabaret a *La casa de las Flores*.

Además está ese cabaret en el que varias *drag queen* interpretan a referentes de la canción mexicana de los ochenta y noventa.. La música también sirve para expresar, a través de las letras, las emociones de su interior. Basta recordar el famoso «Es mejor así» que Virginia canta a viva voz en su coche. El «vete mucho a la chingada» de su estribillo es una rotunda metáfora sonora de la Virginia que ha denunciado a su marido para que lo metan en la cárcel y que da instrucciones para que no se toque el patrimonio familiar para sacarlo. O cuando Micaela entierra los restos de su conejo cantando apenada el «Piensa en mí». En otras ocasiones, el peso de la música

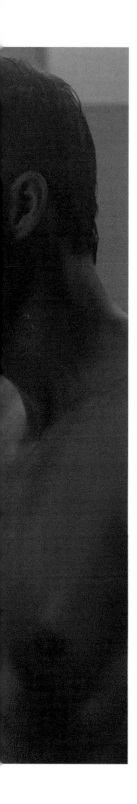

acapara tanto la atención que acaba siendo el vehículo de toda la acción, convirtiéndola en parte esencial de la escena. El «A quién le importa», un himno de la movida española de los ochenta que enaltece el valor de ser diferente y honesto con lo que uno es, se convierte en la forma que Julián tiene de decirle a sus padres que es gay. Y el «Olvídame y pega la vuelta», de Pimpinela, ahonda en la dramatización del reencuentro con Diego, después de su traición y abandono. La música, en definitiva, contribuye a darle profundidad a la narración y a generar respuestas viscerales en los espectadores, para los que la selección musical muchas veces despierta cierta nostalgia del pasado.

Los diálogos, las canciones y la música convierten *La casa de las flores* en un formato diferente y desenfadado, que recoge parte del espíritu de la comedia musical, al proponer una trama sonora profundamente emocional, que consigue muchas veces ponernos en la piel de quien las canta o las escucha.

En la escena en la que Julián sale del armario hubo un cambio. Inicialmente se había planeado que el hijo menor lo hiciera leyendo una carta. «Se me ocurrió que sería más divertido que cantase una canción. Cambié toda la iluminación a luz de disco y le dije: "Te vas a desnudar, y va a ser la salida del armario en tu cabeza". Así es como la serie empezó a agarrar este mundo muy musical en el que convive.»

Cecilia Suárez, la actriz que interpreta a Paulina, estaba muy nerviosa en la escena del funeral del Roberta. Inicialmente el guion contenía un monólogo que no conseguía memorizar. «Era un texto difícil, muy lineal, no podía retomar ni improvisar», asegura Manolo Caro, «yo la veía todo el rato por ahí, estudiando y estudiando. Al final yo le dije: "Olvídate de eso..., cuando baje Virginia, vamos a probar otra cosa, que te pones tan nerviosa que lo único que puedes hacer es recitar una canción, la de 'Muévelo', de El general".»

«Quienes me conocen saben que no soy
el alma de la fiesta».

**Paulina**

Gloria Trevi, célebre artista mexicana a la que homenajea una de las chicas del cabaret, ha tenido un papel muy activo en la serie. En la primera temporada ensayó con Alexa de Landa antes de filmar, para que su interpretación fuese lo más fiel posible. En la segunda, aparece interpretándose a ella misma como jurado de Talento México.

Orquídea
Orchida

LUJURIA

EL COLECTIVO

# LGTBQ+

TOMA LOS

# ESCENARIOS

Y LA

# VIDA

*H*emos visto decenas de películas y series en las que espectaculares *drag queens*, aupadas a tacones de vértigo, despliegan todo su talento interpretando a las grandes divas de la música. Lo que ya no es tan habitual es ver ese mismo escenario con las luces apagadas, con un féretro en el centro, rodeado de *drags* caracterizadas como leyendas de la canción mexicana de los ochenta y noventa, lamentándose por la muerte de la mujer que regentaba el cabaret. La situación tiene mucho del surrealismo que tanto gusta a Manolo Caro. Al mostrar la realidad que subyace detrás de la cortina que ha confeccionado durante décadas el cine y la televisión, se amplía nuestra perspectiva como espectadores, y se da entrada a nuevas formas de vivir, hacia fuera y hacia dentro, la propia identidad sexual, no tan conocida ni familiar para el gran público.

La comunidad LGTBQ+ siempre ha tenido una gran representación en todos los proyectos de Manolo Caro, pero nunca con el peso que este le otorga en *La casa de las flores*. Al igual que hace con los otros temas que aborda en la serie, aproximándose de manera diversa. Aquí se representan las realidades que ya nos hemos habituado a ver, pero también otras muchas no tan frecuentes, y que contribuyen a aumentar la paleta narrativa. El resultado es una serie con fuertes contrastes y sin estereotipos. La incorporación de temas como el travestismo, la transexualidad, la bisexualidad o la homosexualidad se hace con un discurso de aceptación, normalidad y respeto, no identificándolo (al menos no del todo) con la promiscuidad, las drogas, los tacones y las lentejuelas. La serie usa los arquetipos como punto de partida, para ofrecer un contexto conocido sobre el que introducir matices sorprendentes.

María José (ex de Paulina), por ejemplo, presenta el tema de la transexualidad desde la perspectiva de una abogada de éxito, que abandona México en parte por verse sometida al juicio de los demás. Y lo hace abordando cuestiones que, de forma cotidiana, tiene que encarar una persona que está

«Tu mamá quiere que seas
gay "in house" ¿no?»

**Diego**

en transición: las risas maliciosas cuando alguien ve su documento de identidad, los cambios de humor que le provocan las hormonas o la confusión de la gente a la hora de elegir el pronombre adecuado en sus frases. La realidad de una persona transgénero es mucho más compleja que el simplismo con el que se tiende a describir. María José lo describe a la perfección cuando dice «Esto no es un disfraz». Es interesante

también cómo los prejuicios no quedan anclados, en exclusiva, en la mentalidad heterosexual. A Julián, por ejemplo, la bisexualidad le parece una opción más aceptable que la homosexualidad. Y también muestra su propia ignorancia cuando pregunta a la Amanda Miguel de *La casa de las flores* si es gay.

Simplificar siempre ha sido la respuesta para manejar algo que no comprendemos.

Las relaciones afectivas suponen otro de los temas que plantean un cambio de registro. Nos encontramos con relaciones gais, relaciones hererosexuales, relaciones lésbicas entre una mujer cisgénero y una mujer transexual… También vemos relaciones abiertas o exclusivas usando la orientación sexual de forma no arquetípica. A Lucía, por ejemplo, no parece importarle tener una relación abierta siempre y cuando tenga su anillo de compromiso. Pero Diego, por contra, no soporta incorporar a un tercero a la relación: busca un compromiso real con su pareja, incluidos los niños. Mientras que Julián, el eterno indeciso, pone los cuernos por miedo a decidir quién es en realidad.

Otro de los aspectos más interesantes que nos ofrece la serie es el abanico de situaciones que se derivan del choque entre la mentalidad tradicional y puritana con la diversidad sexual y de género que tanto tiempo ha permanecido oculta en la sombra. Lo vemos en el fuerte dilema de Julián a la hora de decidir cómo decirles a sus padres que es gay, sobre todo después de que Diego le explicase cómo los suyos dejaron de hablarle cuando lo hizo. O el conflicto interno de Virginia y el dolor que le produce saber lo que sufrirá su hijo en una sociedad que no acepta la homosexualidad.

Resulta irónico que La Casa de las Flores, el cabaret, acabe convirtiéndose en el vehículo para recuperar la otra Casa de las Flores, la que solo parece concebir un único modelo de amor y de familia. O tal vez no. Quizá sea una manera de constatar que no importa de qué color, género u orientación sea el amor, mientras sea amor de verdad.

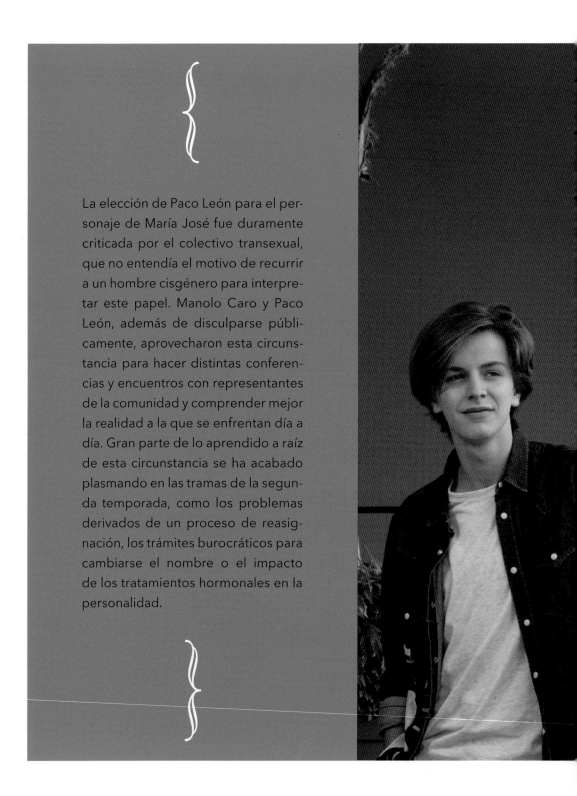

{

La elección de Paco León para el personaje de María José fue duramente criticada por el colectivo transexual, que no entendía el motivo de recurrir a un hombre cisgénero para interpretar este papel. Manolo Caro y Paco León, además de disculparse públicamente, aprovecharon esta circunstancia para hacer distintas conferencias y encuentros con representantes de la comunidad y comprender mejor la realidad a la que se enfrentan día a día. Gran parte de lo aprendido a raíz de esta circunstancia se ha acabado plasmando en las tramas de la segunda temporada, como los problemas derivados de un proceso de reasignación, los trámites burocráticos para cambiarse el nombre o el impacto de los tratamientos hormonales en la personalidad.

}

Clavel
**Dianthus caryophyllus**

CAPRICHO

# PASATIEMPOS
Y
# DICCIONARIO

# ¿ Quién dijo...?

«Te lo encargo mucho, por favor.»

«Si quieres dejar a un hombre, investígalo.»

«¡Estoy renaciendo!»

«En esta vida todos tenemos la oportunidad de reinventarnos, solo hay que estar seguros de tomar el camino correcto.»

«Tú necesitas concentrarte en tu trabajo y dejar de pensar en pitos.»

«Si no estuviera tan triste, estaría feliz.»

«Las ubres me prenden.»

«¿Sabes que cuando usas la misma excusa mil veces deja de funcionar?»

«Nunca te sientes más solo y vulnerable que cuando sales al mundo y dices quién eres.»

«Me llenaste la casa de flores.»

«Me avisan cuando vayan a empezar a aventarse ceniceros.»

«Te quiero un chingo.»

«¿Te puedo contar algo? A veces lloro.»

«Tú quieres que yo escoja entre los De la Mora y la moral. Y yo siempre voy a escoger la moral.»

«Quieres ponerle un bálsamo a tu culpa.»

«Tenemos que alejarnos de lo que nos pudre.»

«Oye, tú eres artista, ¿verdad?.»

**BRUNO**

**CARMELA**

**CLAUDIO**

**DELIA**

**DIEGO**

**EL CACAS**

**ELENA**

**ERNESTO**

**JENNY**

**JULIÁN**

**MARÍA JOSÉ**

**PAULINA**

**PONCHO**

**ROBERTA**

**SALO**

**SIMÓN**

**VIRGINIA**

"Te lo encargo mucho por favor." **Paulina** / "Si quieres dejar a un hombre, investígalo." **Virginia** / "¡¡Estoy renaciendo!!" **Ernesto** / "En esta vida todos tenemos la oportunidad de reinventarnos, solo hay que estar seguros de tomar el camino correcto." **Roberta** / "Tú necesitas concentrarte en tu trabajo y dejar de pensar en pitos." **Delia** / "Si no estuviera tan triste, estaría feliz." **Julián** / "Las ubres me prenden." **Elena** / "¿Sabes que cuando usas la misma excusa mil veces deja de funcionar?" **Diego** / "Nunca te sientes más solo y vulnerable que cuando sales al mundo y dices quién eres." **María José** / "Me llenaste la casa de flores." **Salo** / "Me avisan cuando vayan a empezar a aventarse ceniceros." **Bruno** / "Te quiero un chingo." **Claudio** / "¿Te puedo contar algo? A veces lloro." **Poncho** / "Tú quieres que yo escoja entre los De la Mora y la moral. Yo siempre voy a escoger la moral." **Carmela** / "Quieres ponerle un bálsamo a tu culpa." **Simón** / "Tenemos que alejarnos de lo que nos jode." **Jenny** / "Oye, tú eres artista? ¿verdad?" **El Casas**

# Para decir con flores:

«Siempre tan corriente.»

«Me prendes.»

«Salúdame al Cacas.»

«La paciencia es amarga… pero los frutos son dulces.»

«No te des por vencida.»

«Vete a la verga, cabrón.»

«Busqué el valor para mandarte a la chingada y ya lo encontré.»

«Todo se va a arreglar, ya verás.»

«Tenemos que estar unidos.»

«Me valen un pepino tus disculpas.»

# Regala:

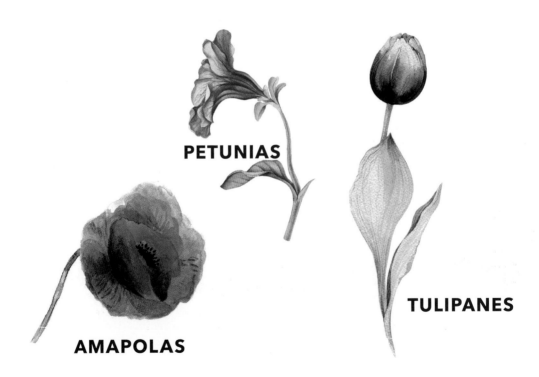

**PETUNIAS**

**AMAPOLAS**

**TULIPANES**

BROMELIAS

NARCISOS

DALIAS

ROSAS

IRIS

ORQUÍDEAS

LILAS

«Siempre tan corriente» **(petunias)** / «Me prendes» **(orquídeas)** / «Salúdame al cacas» **(dalias)** / «La paciencia es amarga... pero los frutos son dulces» **(tulipanes)** / «No te des por vencida» **(bromelia)** / «Vete a la verga, cabrón» **(lilas)** / «Busqué el valor para mandarte a la chingada y ya lo encontré» **(amapolas)** / «Todo se va a arreglar, ya verás» **(iris)** / «Tenemos que estar unidos» **(rosas)** / «Me valen un pepino tus disculpas» **(narcisos)**

EL
# DICCIONARIO
### DE LA REAL
# CASA
### DE LAS
# FLORES

**Ándale**
Expresión que se emplea para dar ánimo a una persona o para incitarla a que haga algo que se desea.

**¿Bueno?**
Expresión con la que habitualmente se responde al teléfono. Se originó en los inicios de la implantación de la telefonía en México cuando, al llamar, primero respondía una operadora, que era la que hacía la conexión con el destinatario. Como era frecuente que hubiese fallos, preguntaba: «¿bueno?», para asegurarse que la línea iba bien.

**Cabrón/Está cabrón**
Puede ser una persona poco recomendable: «Es un cabrón», un apelativo informal entre hombres: «¡Oye, cabrón!», o algo especialmente difícil o complicado: «Está cabrón». También puede indicar sorpresa o perplejidad.

**Chingar**
Molestar.

**Chingada**
Hace referencia a algo muy malo. Por eso algo que está muy mal se dice que «está de la chingada» y cuando se quiere mandar a paseo a alguien se le dice: «Vete a la chingada».

**Chingón**
Que algo es bueno o *cool*.

**Coger**
Tener relaciones sexuales.

**Congal**
Burdel.

**Corriente**
Dicho de una persona, que es ignorante o inculta.

**Cuate**
Amigo íntimo.

**Eso ni qué**
Expresión que se utiliza para decir que se está totalmente de acuerdo con una afirmación, confirmando así que es cierta o evidente.

**Equis**
Algo que no es del agrado de nadie.

**Está cañón**
Eufemismo de «cabrón» en su acepción negativa.

**Está padre/padrísimo**
Algo bueno, excelente.

**Güey/wey**
Expresión para designar a una persona. También puede usarse como término informal entre amigos.

**Hacer el oso**
Hacer el ridículo.

**¡Híjole!**
Expresión que indica sorpresa o asombro.

**Mamar/No mames**
Exagerar o hacer el ridículo. También puede expresar incredulidad.

**Manchar/No manches**
Exagerar o hacer el ridículo. También puede expresar incredulidad.

**Me caga**
Algo que molesta o incomoda.

**Me prende**
Algo que excita.

**Me saca de onda**
Algo que perturba, que genera desconcierto o que rompe la concentración.

**Mija/Mijito**
Expresión que se utiliza de forma cordial para interpelar a otra persona.

**Neta**
Verdad.

**No manches**
Expresión que indica incredulidad.

**No te hagas**
Expresión que se utiliza para señalar que la otra persona está fingiendo ignorancia.

**Órale**
Término para expresar acuerdo en algo.

**Pedo**
Problema o dificultad. También puede expresar un asunto en particular.

**Pendejo/a**
Tonto, idiota.

**Pendejada**
Tontería, idiotez.

**Pinche**
Vil, despreciable. También sirve para designar algo insignificante.

**Vete a la verga**
Expresión que se suele utilizar para rechazar a alguien que te molesta o incomoda.

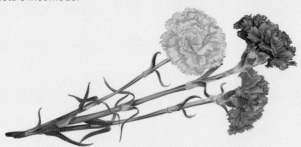

# CAST EQUIPO TÉCNICO PLAYLISTS

## Cast

Virginia de la Mora
**Verónica Castro**

Ernesto de la Mora
**Arturo Ríos**

Paulina de la Mora
**Cecilia Suárez**

Julián de la Mora
**Darío Yazbek Bernal**

Elena de la Mora
**Aislinn Derbez**

Diego Olvera
**Juan Pablo Medina**

María José Riquelme
**Paco León**

Dominique Shaw
**Sawandi Wilson**

Delia
**Norma Angélica**

Carmela Villalobos
**Verónica Langer**

Roberta Sánchez
**Claudette Maillé**

Claudio Navarro
**Lucas Velázquez**

Bruno Riquelme de la Mora
**Luis de la Rosa**

Micaela Sánchez
**Alexa de Landa**

Dr. Salomón Cohen
**David Ostrosky**

Ana Paula «la Chiquis» Corcuera
**Natasha Dupeyrón**

José Raúl «el Chiquis» Corcuera
**Iván Bernal**

Alfondo «Poncho» Cruz
**Irving Peña**

El Cacas
**David Chavira**

Lucía Dávila
**Sheryl Rubio**

Imitador Yuri
**Katia Balmori**

Imitador Paulina Rubio
**Pepe Márquez**

Imitador Amanda Miguel
**Ismael Rodríguez**

Imitador Gloria Trevi
**Mariana Santos**

Guillermo
**Diego Escobar**

Angélica
**Elisabeth Guindi**

Rosita
**Loreto Peralta**

Jenny Quetzal
**Mariana Treviño**

Marilú
**Teresa Ruíz**

Simón
**Flavio Medina**

Celeste
**Anabel Ferreira**

Alejo
**Eduardo Rosa**

Federico Limantour
**Alexis Ortega**

Luka
**Roberto Quijano**

La Beba
**Andrea Sisniega**

Willy
**Federico Espejo**

Lalo
**Felipe Flores**

Mara
**Sofía Sisniega**

Oliver
**Hugo Catalán**

Raúl
**Francisco Celhay**

Rigoberto
**Gary Centeno**

Comandante Márquez
**Omar Medina**

Jesús
**Hector Paredes**

Policía
**Abraham Sandoval**

Leandro
**Alejandro Gibeli**

Purificación
**María León**

Padre Miguel
**Enrique Becker**

El Papiringo
**Josué Carrera**

Alfredo
**Jorge Cervera**

Juanpi
**Francisco de la Reguera**

Moisés Cohen
**Michel Frías**

## Equipo Técnico

**TEMPORADA 1**

**PRODUCTORES**
Productores Ejecutivos
**Rafa Ley**
**Stacy Perskie**

Productoras Ejecutivas
**María José Córdova**
**Mariana Arredondo**

**DIRECCIÓN**
Director
**Manolo Caro**

*Planner*
**Valeria Villalobos**

1er AD
**Stephanie Beauchef**

2o AD
**Connie Casillas**

2o AD
**Laura Ortiz**

*Trainee* de Dirección
**Jenny Rosíquez**

Supervisor de *Script*
**Ehécatl García**

**PRODUCCIÓN**
Productor en Línea
**Carlos Taibo**

Gerente de Producción
**Sandra Paredes**

Jefe de Unidad
**Oscar René Coronado**

Coordinadora de Producción
**Camila Fernández**

Asistente de Coordinación
**Daniela S. Battenberg**
**Lulú Reyes**

Asistente de Produccion Ejecutiva
**Karla Moreno Badillo**

Asistentes de Producción
**Valeria Ortiz**
**Erick Ahedo**
**Roberto Ortiz Márquez**

*Runner*
**Jonathan Bastida**

Limpieza oficina de Producción
**Yolanda Araiza**

**ARTE**
Diseñadora de Producción
**Sandra Cabriada**

Decoradora
**Roxanna Lojero**

Coordinadora de Arte
**Ana Lilia Aldana**

Ambientador en Set
**Miguel Cervantes**

Asistente de Ambientador
**Vicente Jiménez**

Encargado de Props
**Fernando Acevedo Aguilar**

Asistente de Props
**Gerardo Acevedo Aguilar**

Asistente de Arte
**Gilberto Miñón González**

Diseñador Gráfico
**Diego Armando Mata**

*Leadman*
**Juan Miguel Ramírez**

*Swing* 1
**Luis Alberto Morales Aguilar**

*Swing* 2
**Luis Manuel Rodríguez García**

Bodeguero
**Noé Apaez Casarrubias**

**CÁMARA**
Director de Fotografía
**Pedro Gómez Millán**

1er Asistente de Cámara A
**Miguel Argumedo**

2o Asistente de Cámara A
**Raul Emmanuel Gutierrez Castro**

Operador Cámara B
**Edgar Hurtado**

1er Asistente de Camara B
**Rubén Arellano «Wally»**

2o Asistente de Cámara B
**Francisco Soriano**

DIT
**Marco Rodríguez**

Asistente de DIT
**Pablo Manzanares**

Asistente de Vídeo
**Balache Serrano**
**Abner Ramírez**

## CASTING

Director de *Casting*
**Luis Rosales**

Coordinadores de Extras
**Elke Garda**
**Claudia Acosta Aguilar**
**Irma Puerto Lizarraga**
**Mirna Martínez Alamilla**
**Ruth Haydee Sosa**

Delegado ANDA
**Jesús Ferco**

## CATERING

Simplemente El Buen Zasón
**Josefina Hernández**

Gerente
**José Luis Ruiz Rodríguez**

Cocinera
**Betzabeth Hernández Ugalde**

Chófer
**Guillermo Martínez Morelos**

Cafetero
**Bryan Israel Escalona Hernández**

Ayudantes generales
**Gregorio Badillo Romero**
**Miguel Ángel Pavón Toledo**

Chófer comida
**Fermín Benjamín Ortiz Hernández**

## CONTABILIDAD

Contador de Producción
**Asajiro Yamamoto**

Asistente Contador de Producción
**Estíbaliz Quezada**

Auxiliar Contador de Producción
**Erica Berenice Hernández**

Trainee de Contabilidad
**Jonathan Benjamín Hernández**

Contador Fiscal
**Cuauhtémoc Bravo**

Asistente de Contador Fiscal
**Maria del Carmen Cervantes**

Asistente de Contabilidad Fiscal
**Iván García**

## EDITOR

Editor
**Yibran Asuad**

Asistente de Edición 1
**Ricardo Poery Cervantes García**

Asistente de Edición 2
**Natalia Roca Villalobos**

Asistente de Edición Óxido
**Gerardo Aparicio**

## LOCACIONES

Supervisor de Locaciones
**Horacio Rodríguez**

Gerente de Locaciones
**Carlos Anguiano**

Coordinadora de Locaciones
**Nora Grau**

Asistentes de Locaciones
**Hugo García**
**César Rodríguez**

Limpieza
**Alejandro Ramos**

## MAKING-OF

Foto Fija
**Javier Ávila León**

## MAQUILLAJE Y PEINADO

Diseñadora de Maquillaje
**Lucy Betancourt**

Asistente de Maquillaje
**Anadia Buenrostro**

Jefa de Peinados
**Elena López**

Asistente de Peinados
**Claudia Farfan**

## POSPRODUCCIÓN

Posproductores
**Carlos Morales**
**Vanessa Hernández**

Coordinadora de Posproducción
**Claudia Mera O.**

Productora Ejecutiva
**Keila Ferrer**

Coordinadora de *Data Lab*
**Alejandra Díaz**

Consultor de Ingeniería
**Isaac Molina**

Coordinadora de VFX
**Adriana Benítez**

Supervisor de VFX
**Oscar Padilla**

Diseñador de Sonido
**Alejandro Icaza**

## 2a UNIDAD

Director 2a Unidad
**Alberto Belli**

DP 2a Unidad
**Sebas Hiriart**

DIT 2a Unidad
**Héctor Sánchez**

## SEGURIDAD

Coordinador de Seguridad
**Mario Mayén**

## SONIDO

Sonido
**Federico González**

Microfonista
**Manuel Danoy**

Asistente de Sonido
**Loretta Ratto**

## STAFF

*Gaffer*
**Víctor Acosta**

Jefe de Eléctricos
**Erick González Alcántara**

Jefe de Tramoya
**Jose Luis Sánchez**

Eléctricos
**Humberto Sánchez**
**Alan Acosta Sánchez**

Ayudantes de Tramoya
**Héctor Iván Sánchez**
**Arqueles Rivas Lazcano**

Médico
**Antonio Islas Hernández**

Móvil
**Oscar Lugo Ortiz**

Asistente Móvil/Encargado Luces
**Miguel Ángel García**

Planta 1
**Javier Ávila Landeros**

Planta 2
**Jorge Hernández**

*Dolly*
**Ismael Paredes Ramírez**

Encargado de luces
**Céar Islas Bonilla**

## STUNT / DOBLES

Coordinador de *stunts*
**Julián Bucio**

## MÚSICA

Supervisora Musical
**Lynn Fainchtein**

Compositor
**Yamil Mizael Rezc Gómez**

## TRANSPORTACIÓN

Chofer personal del director
**Raúl Muñoz Tronco**

Furgoneta de Vestuario
**René Téllez**

Furgoneta de Producción
**Juan Manuel Miguel Rosas Lucas**

Furgoneta
**Jordi Ernesto Cárdenas Quezada**
**Roberto López Mosqueda**
**Carlos Domingo Calzada Ordaz**
**Dionisio Bolaños Ávila**
**Jonas Agustín Miguel Rosas**
**óscar David Mercado Peña**

*Suburban*
**Israel Castillo Martínez**

Coche
**Manuel Eusebio García Rivera**

Furgoneta de Arte
**César Reyes Carmona**

Furgoneta de Decoración
**Erick Guzmán**

Camión de Sonido / *Data*
**Juan José Ladislao Román**

Camión de Arte
**Mauro Guerrero Lara**

Camper de Maquillaje
**Mario Jorge Marín González**

Camper Oficina de Producción
**Mario Ayala Luna**

Camper Triple
**Jordan Garibay Guzmán**

Baños
**Jorge Alfredo Guzmán Valenzuela**

## VESTUARIO

Diseñadora de Vestuario
**Natalia Seligson**

Coordinadora de Vestuario
**Teresa Ríos**

Supervisor de Vestuario en Camión
**Jesús Reyes**

Jefe de Vestuario en set
**Gerardo Ledezma**

Asistentes de Vestuario
**Adriana Bernal**
**Amilkar Texta**

## TEMPORADA 2

## PRODUCTORES

Productor Creador
**Manolo Caro**

Productor Ejecutivo
**Rafa Ley**

Productor Ejecutivo
**Stacy Perskie**

Productora Ejecutiva
**María José Córdova**

Productora Ejecutiva
**Mariana Arredondo**

Productor
**Carlos Taibo**

Asistente de Producción Ejecutiva
**Paulina Gutiérrez**

## DIRECTORES
Director
**Manolo Caro**
Ep.201, 202, 203, 206, 209, 210

**Santiago Limón**
Ep. 206

**Alberto Belli**
Ep.205, 204

**Yibrán Asuad**
Ep.207, 208

## PRODUCCIÓN
Gerente de Producción T2
**Alejandro Cortés**

Gerente de Unidad
**Lulú Reyes**

Coordinadora de Producción
**Daniela S. Battenberg**

APOC
**Berenice Bautista**

APOC
**Ana María Duque Guevara**

PA en Oficina
**Aglaé G. Miranda**

PA
**Cristian Jaimes**

PA
**Fernando Ramírez Martínez**

Aprendiz de Producción
**Emilio Jiménez**

Aprendiz de Producción en Set
**Maczil Pérez**

*Runner*
**Hugo Bastida**

Limpieza de oficina de Producción
**Carolina Guerrero**

## DIRECCIÓN
1er AD
**Óscar Almengor**

*Planner*
**Romina Lyle**

2oAD
**Connie Casillas**

2o AD
**Valeria Ortiz**

PA en Set
**Juan Carlos Gallaga**

PA en Set
**Víctor Reyes**

Set PA adicionales
**Jennifer Rosíquez**
**Arturo Aragón**
**Ana María Benítez**

## ARTE
Diseñadora de Producción
**Sandra Cabriada**

Coordinador de Arte
**Gilberto Miñón**

Asistente de Coordinador de Arte
**Monserrat Hernandez**

Diseñadora Gráfica
**Mireya Guerrero**

*Clearance*
**Cecilia Vilchis**

Bodeguero
**Noé Ápaez Casarrubias**

Decoradora
**Roxanna Lojero**

Asistente de decoradora
**Naolín Jiménez Montero**

*On Set Dresser*
**Miguel Cervantes**

*On Set Dresser Assistant*
**Luis Manuel López Cuéllar**

Aprendiz de Decoración
**Lucía Taibo Guzmán**

*Prop Master*
**Jorge Rebollar**

*Prop Master Assistant*
**Miranda García**

Constructores
**Raul Celaya**
**Daniel Chávez**

*Lead Man*
**Juan Puga**

*Swing* 1
**Luis Manuel Rodríguez García**

*Swing* 2
**Luis Morales Valadez**

*Swing* 3
**Edgar González Guzmán**

Swing 4
**LuisÁngel Ortiz**

Limpieza de oficina de arte
**Isabel Franco Bernal**

## CÁMARA
Director de Fotografía
**Pedro Gómez Millán**

1er Asistente de Cámara A
**Miguel Argumedo**

1er Asistente de Cámara B
**Gustavo Aranda Juárez**

2o Asistente de Cámara A
**Joaquín Tlaxcalteco**

2o Asistente de Cámara B
**Josué Duran**

Operador *Steadicam*
**Ricardo Deneke**

Operador *Steadicam* (adicional)
**Manuel Huitrón**

Aprendiz de cámara
**Daniel Olvera**

Asistente de Vídeo
**Jesús Serrano**

Operador de Vídeo
**Sonia Mata**

Asistente de Vídeo
**óscar Suárez**

Steadicam
**Manuel Huitrón**

## CASTING
Director *Casting*
**Luis Rosales**

Coordinador de *Casting*
**Luis Vázquez**

Asistente de *Casting*
**César Ríos Legaspi**

## CATERING
Gerente de Alimentación
**Arturo Mares**

Gerente de Cocina
**Bertha Medina**

Coordinadora de *Catering*
**Ximena de la Rosa**

Cocinera
**Gloria Cerqueda**

Cafetero
**José Luis Basurto**

Ayudantes de Cocina
**Estela Galván**
**Angálica Bello**

Barra
**Aquiles Hernández**

Ayudante General
**Aldo Carmona**

Encargado
**Andrés Hernández**

## CONTABILIDAD
Contador Producción
**Angélica Cervantes**

Asistentes de Contabilidad
**Saúl Contreras**
**Lizbeth Cuadros**

Contador Fiscal
**Carmen Cervantes**

Asistente Contador Fiscal
**Daniel Martínez**

Asesor Contable
**Asajiro Yamamoto**

## CONTINUIDAD
Continuista
**Ehécatl García**

## DELEGADO
Delegado Anda
**Jesús Ferco**

## DOCTOR
Doctor en Set
**Antonio Islas**

## EDICIÓN
Jefe de Edición
**Yibrán Asuad**

Coordinadora de Edición
**Natalia Roca**

Editor
**Miguel Musálem**
Ep. 201, 203, 206, 209

**Adrian Cachi Parisí**
Ep. 205, 208, 210

**Ricardo Poery**
Ep. 202, 204, 207

Asistente de Edición
**Abraham Pons**

Traducción y Subtitulaje
**Paola Jasmer**

## EFECTOS ESPECIALES
Supervisor de VFX
**Alejandro Vázquez**

## ESCRITORES

*Headwriter*
**Manolo Caro**

Escritores
**Mara Vargas**
**Gabriel Nuncio**
**Alexandro Aldrete**
**Hipatía Argüero**

Asistente de cuarto de escritores
**Kim Torres**

## EXTRAS

Coordinadora de extras
**Elke Garda**

Asistente extras
**Mirna Martínez**

Asistente extras
**Ruth Haydee Mendoza**

## LOCACIONES

Gerente de Locaciones
**Sergio Aguilar**

Coordinador de Locaciones
**Itzia Rojas**

Asistente de Locaciones
**Luis Alberto Cortés**

Asistente de Locaciones
**Kenya Álvarez**

Asistente de Locaciones adicional
**Rodrigo López**

Encargada de Locación casa De la Mora
**Claudia Isela Carrillo**

Limpieza en Locaciones
**Valentina Laura García**
**Tania Navarrete**
**Javier Carrillo**

Velador
**Juan Sánchez Castillo**

## *MAKING-OF*

Foto Fija
**Javier Ávila León**

## MAQUILLAJE / PEINADOS

Diseñadora de Maquillaje
**Lucy Betancourt**

Jefa de Peinados
**Claudia Farfan**

Asistente de Maquillaje
**María Fernanda Salazar**

Asistente de Maquillaje
**Andrea Torres**

Asistente de Peinados
**Patricia Cano**

## *PICTURE CARS*

Proveedor de *Picture Cars*
**Ángel Tovilla**

## POSPRODUCCIÓN

Directora Creativa
**Maribel Martínez**

Supervisores de Posproducción
**Carlos Morale**
**Vanessa Hernández**

Coordinadores de Posproducción
**Claudia Mera O.**
**Pavel Aguilar**

Coordinadora de VFX
**Adriana Benítez**

---

*Data Manager*
**Polo E. Mares**

Asistente DIT
**Jesús Domínguez**

Asistente de Datos
**Erik Guzmán**

Asistente Editorial
**Jeshoshua Mateos**

Supervisor de Sonido
**Alejandro de Icaza**

Supervisor Musical
**Lynn Fainchtein**

Compositores
**Yamil Rezc**
**Dan Ziotnik**

## SEGURIDAD

Seguridad en locación
**Mario Mayén**

Seguridad en oficina
**Iván Ayala Ramírez**

Seguridad en oficina
**Jaqueline Martínez Vicente**

## SONIDO

Sonidista
**Axel Muñoz**

Microfonista
**Raúl Zavala Haro**

Cablista
**Omar Zavala Ramos**

## STAFF

ANTEC
**Pedro Barragán**

*Gaffer*
**Víctor Acosta**

Jefe de tramoya
**Humberto Sánchez**

*Best Boy*
**Erick González**

Eléctrico 1
**Alan Acosta**

Eléctrico 2
**José Luis Sánchez**

Tramoya
**Arqueles Rivas**
**Ernesto Gómez**

*Dolly*
**César Islas**

Encargado de maximóvil
**Bernabé Rosales**

Asistente de maximóvil
**Alfredo Torres**

Encargado de Iluminación
**Alejandro Calderón**

Encargado de planta 400
**Rubén Silva**

Encargado de planta 1200
**Javier Ávila**

Operador cabeza remota
**Roberto Espíritu**

Encargado cabeza de grúa
**Mauricio Esquivias**

## STUNTS

Coordinador de *Stunts*
**Tomás Guzmán**

---

## TRANSPORTACIÓN

Proveedor de vehículos
**Julio Bolaños**

*Maxivan Staff*
**Israel Castillo Martínez**

Coche del director
**Osvaldo Mejía**

Coches de los productores ejecutivos

**Yavé Solorio**
**Mario García**
**José Antonio Jonguitud**

Coche de *cast* 1
**Jorge López**

Coche Paulina
**Renato Silva**

Coche María José
**Christian Hernández**

Furgoneta de arte
**César Reyes Carmona**
**Erick Guzmán Aguilar**
**Gabriel Herrera Bernal**

Furgoneta de props
**Jorge Rebolledo**

Furgoneta de vestuario
**René Tellez**

Furgoneta de producción
**José Prieto**

Furgoneta de *cast*
**Roberto López**
**Jorge Mejía**
**Sergio Hernández**

2a furgoneta de producción
**Pablo Vivanco**

3era furgoneta de producción
**Sergio Islas**

Furgoneta de sonido y DIT
**Juan José Ladislao**

Furgoneta de arte
**Jonas Rosas**

Camión de props
**Victor Manuel Luna**

Camión de vestuario
**Ezequiel Hernández Rocha**

*Honeywagon*
**Javier Moreno Linares**

Camper de producción
**Mario Miranda Anaya**

Doble
**Alejandro Sánchez**

Camper doble anger 1
**José Gabriel González Tovar**

Camper doble anger 2
**Orlando Serrano Canafani**

Camper triple
**Mario Gustavo Ayala Luna**

*Driver Data*
**Salvador Navarrete**

## VESTUARIO

Diseñadora de Vestuario
**Natalia Seligson**

Coordinadora de Vestuario
**Teresa Ríos**

Asistente de diseño de Vestuario
**Amilkar Texta**

Supervisora de Vestuario
**Adriana Bernal**

Asistente de Vestuario en set
**Adrián Largo**

Asistente de Vestuario
**Aura Becerril Romero**

**ABOGADOS**

Ejecutivo
**Mauricio Llanes**

Socio
**Luis Schmidt**

Abogado en Oficina
**Manuel Santín**

**2a UNIDAD**

Director
**Manolo Caro**
Ep. 204, 205, 206, 207. 209, 210
**Alberto Belli**
Ep. 201, 202, 203, 204

Gerente de Producción
**Lizette Ruiz**
Etapa 2

Supervisora de Locaciones
**Itzia Rojas**

1er AD
**Dan Chávez**

2o AD
**Valeria Ortiz**

Script
**Gabriela Herrera**

Key PA
**Rebeca Cuevas**
Etapa 2

Set PA
**ángel Palacios**
Etapa 2

PA
**Eduardo Martínez**
Etapa 2

PA
**Fernando Ramírez Martínez**

Aprendiz de Producción en Set
**Maczil Pérez**

Director de Fotografía
**Sebastián González**

DIT 2a Unidad
**Erik GuzmÁn**

Operador de Cámara H
**Flavia Martínez**

Asistente de Cámara H
**Javier Mora**

1er AC de Cámara G
**Carlos Carreto**

Encargado Cámara G y H
**Eddy Martínez**

2o AC
**Javier Carreto**

Operador Asistente de Vídeo
**Óscar Suarez**

Supervisora de Vestuario
**Adriana Bernal**

Asistente de Vestuario en Set
**AdriÁn Largo**

Asistentes de Vestuario
**Agustín Vega**
**Sostenes Rojo**

Diseñadora de Maquillaje
**Lucy Betancourt**

Jefa de Peinados
**Claudia Farfan**

Maquillaje y peinado
**María Fernanda Salazar**

Asistentes de Maquillaje
**Andrea Torres**
**Karina Vargas**

Asistentes de Peinados
**Patricia Cano**
**Estrella Lorrabaquio**

Asistente de Peinados
**Norma Ruiz**

Diseñadora de Producción
**Sandra Cabriada**

Coordinador de Arte
**Gilberto Miñón**

Asistente de Arte *On Set*
**Marco Gómez**

Decoradora
**Roxanna Lojero**

Coordinadora de Arte
**Naolín Jiménez Montero**

*On Set Dresser*
**Miguel Cervantes**

*On Set Dresser Assistant*
**Luis Manuel López Cuéllar**

*Prop Master*
**Jorge Rebollar**

*Prop Master Assistant*
**Miranda García**

Diseñadora Gráfica
**Mireya Guerrero**

Sonidista
**Damian del Río**

Microfonista
**Felipe Zavala**

Microfonista *Splinter Unit*
**Daniel Kaszas**

*Gaffer*
**Mauricio Vega Tanque**

*Staff*
**Miguel Morales Granados**
**Luis Enrique Moreno**
**Edgar Sánchez Álvarez**
**Hector Vega García**
**Fermín Morales**
**José Luis Sánchez**

Encargado de minimóvil
**Jonathan Ontiveros**

Encargado de Planta
**Alejandro Galván**

Encargado de *Dolly*
**Alejandro Robles**

Encargado de Iluminación
**Marco Espinosa**

Médico en Set
**Manuel Vargas**

Proveedor de *Picture Cars*
**Ángel Tovilla**

Coordinadora de Extras
**Elke Garda**

Proveedor de animales
**Rocío Ortega**

Seguridad en Locación
**Mario Mayén**

Gerente de *Catering*
**Arturo Mares**

Coordinadora de *Catering*
**Ximena de la Rosa**

Proveedor de vehículos
**Julio Bolaños**

*Driver Data*
**Oscar Iñigo**

*Playlists*

**TEMPORADA 1**

*Yes Sir, I Can Boogie*
**Baccara**

*Amor prohibido*
**Selena**

*Me colé en una fiesta*
**Mecano**

*From Me*
**The Plants**

*No está aquí*
**Los hooligans**

*Maldita Primavera*
**Yuri**

*El recuento de los daños*
**Gloria Trevi**

*A quien le importa*
**Alaska y Dinarama**

*Al fin, At Last*
**Marger**

*Es mejor así*
**Cristian Castro**

*Vamos a bailar*
**Alberto Vázquez**

*Mío*
**Paulina Rubio**

*Nuestra canción (feat. Vicente García)*
**Monsieur Periné, Vicente García**

*Dr. Psiquiatra*
**Gloria Trevi**

*Ay, amor*
**Ana Gabriel**

*El mundo bajo el brazo*
**Leonardo de Lozanne**

*Cuenta hasta diez*
**Natalia Lafourcade, Javier Blake**

*Y aquí estoy*
**Ana Gabriel**

*Rueda mi mente*
**Sasha**

*Cuando pase el temblor*
**Soda estéreo**

*Estrechez de corazón*
**Los prisioneros**

*Amarillo azul*
**Thalía**

*No dejes que*
**Caifanes**

*Beber de tu sangre*
**Los amantes de Lola**

*Veneno en la piel*
**Radio Futura**

*Maldita Primavera*
**Yuridia**

*En algún lugar*
**Duncan Dhu**

*Cómo pudiste hacerme esto a mí*
**Alaska y Dinarama**

*Sin pijama*
**Becky G., Nati Natasha**

*Me niego*
**Reik, Ozuna, Wisin**

*Clandestino*
**Shakira, Maluma**

*X*
**Nicky Jam, J. Balvin**

*No es justo*
**Nicky Jam, Zion & Lennox**

No me acuerdo
**Thalia, Nati Natasha**

Es mejor así (feat. Reik)
**Cristian Castro, Reik**

Te boté (Remix)
**Nio García, Casper Mágico**

To my love (Tainy Remix)
**Bomba estéreo, Tainy**

El préstamo
**Maluma**

Síguelo bailando
**Ozuna**

Fire walker
**Jungle Fire**

El venao
**Los cantantes**

Castillos
**Amanda Miguel**

Las Penas
**The Chamanas**

Muévelo
**El general**

Dora
**beGun**

Chicken Wire
**Gecko Turner**

Órdenes para mí
**Marcela Viejo, Manuel Coe**

Lemonade Lake
**Jungle**

Fruta
**Sandra Bernardo**

Leona Dormida
**Lupita D´Alessio**

Esclavo y amo
**Javier Solís**

Ansiedad
**Los Panchos**

Que nadie sepa mi sufrir
**Hello Seahorse!**

Aunque no sea conmigo
**Celso Piña, Café Tacuba**

El farol
**The Chamanas**

Como quien pierde una estrella
**Alejandro Fernández**

Ahora te puedes marchar
**Luis Miguel**

Enamoradísimo
**Mercurio**

Esclavo y amo
**Los Panchos**

Aprendí a llorar
**Verónica Castro**

El privilegio de amar
**Mijares, Lucero**

Hello Shadow
**Klik & Frik, Nevve**

**TEMPORADA 2**

No es serio este cementerio
**Mecano**

Clarinet concerto in A major, K. 622, III.
Rondo: Allegro
**Mozart Akademie, Ernst
Ottensamer, Johannes Wildner**

Irresponsables
**Babasónicos**

La cuca
**Oro Sólido**

Piano Sonata N° 5 in C minor, Op. 10, N° 1: II
**Jeno Jandó**

Me cuesta tanto olvidarte
**Mecano**

Ilarie
**Xuxa**

La morena
**Oro Sólido**

El apagón
**Yuri (cover)**

Quimeras
**Tessa la**

Historias de amor
**Fangoria**

Busco a alguien
**Flor Amargo ft. Mon Laferte**

Vagabundos de otro Mundo
**Adan Jodorwosky feat. Leon
Larregui**

Carrusel
**Flor Amargo**

Lo haré por ti
**Paulina Rubio (cover)**

No me importa nada
**Luz Casal**

No hay nada más triste que lo tuyo
**Hidrogenesse y Single**

Un pacto entre los dos
**Thalía**

YMCA
**Village People**

Fiesta en el infierno
**Fangoria**

Déjenme si estoy llorando
**Nelson Ned**

Plensa en mi
**Alexa de Landa**

Gayatri Mantra
**Karla Gamboa y Pedro Dabdoub**

Me voy
**Julieta Venegas**

Esa hembra es maña
**Gloria Trevi**

Cuando escuches este vals
**Cuarteto latinoamericano**

Pelo suelto
**Gloria Trevi (cover)**

De aquí pa´llá
**Sol Pereyra**

Dragostea Din Tei
**Ozone**

Shinnyo mantra
**Predro Dabdoub**

Con limón y sal
**Julieta Venegas**

Cuando baja la marea (aire)
**Yuri (cover)**

Burkina Faso
**Esteman**

Noche sensorial
**Esteman**

Ábranse perras
**Gloria Trevi**

Bumbaclaat
**Yan Kings & Martt Petrone feat.
Benzly Hype**

La verdad
**La Bien Querida**

El gato y yo
**Amanda Miguel (cover)**

Sole Mio
**Regina Orozco**

Señora
**Yuridia**

Asundo de dos aka Cosas de dos
**Paulina Rubio (cover)**

Tímido
**Flans**

Safe Maser
**Underher x HRRSN**

Call me back
**DORA**

De momento abril
**La Bien Querida**

Habanera (Carmen)
**Regina Orozco**

El triste
**Micaela (cover)**

Disintegration
**Monarchy**

Cómo me haces falta
**Ana Bárbara**

Cuando baja la marea (aire)
**Yuri (cover)**

Adagio in G Minor
**Istropolitana, Richard Edlinger**

Piano Sonata N° 14 in C-Sharp Minor,
Op. 27, N° 2 "Moonlight": I Adagio
Sostenuto
**Jenö Jandó**

Lía
**Alexa de Landa**